KB180897

한국 희곡 명작선 148

괴짜노인 하삼선

한국 희곡 명작선 148

괴짜노인 하삼선

박아롱

평민사

박아룡

괴짜노인 하삼선

등장인물

하삼선 : 70대. 노인답지 않은 독특한 옷차림과 취향으로 주위사람들로 부터 호기심을 불러일으킨다. 남들의 시선을 의식하지 않는 자신만 의 고집과 확고한 인생관이 있다. 남다른 그녀의 카리스마에 마을사 람들은 그녀의 과거를 궁금해 하지만 베일에 싸여 있다. 그러던 어느 날부터 하삼선의 행동이 조금씩 달라지기 시작한다.

박용구 : 50대. 무리한 사업 확장으로 있는 돈, 없는 돈, 처가 돈까지 다 끌어 쓰고는 집을 나와 노숙을 하는 이 동네의 골칫덩이 빈대대왕이 다. 언젠가는 아내가 먼저 연락해 올지도 모른다는 기대를 버리지 못 해 휴대폰을 목숨처럼 소중히 여기며 지낸다. 어느 날 자신의 최고보 물 휴대폰이 사라지는 일생일대의 사건이 벌어진다.

김태민 : 17세. 아버지의 세 번째 재혼으로 집을 나와 쉼터를 전전하는 소 년이다. 하삼선의 돈을 날치기하다 뜻밖에 강한 그녀의 호신술에 제 압당해 하삼선의 꼬붕이 되고 만다. 어떤 꼴통 짓도 먹히지 않는 하 삼선에게 점점 말려드는 태민. 그녀의 무심하지만 은근한 보살핌에 따뜻한 온정을 느낀다. 그러던 어느 날, 하삼선의 비밀을 알게 된다.

한동일 : 20대. 추리 웹소설작가로 허당 기질이 다분하다. 이 지역에 연쇄 살인이 벌어진다는 소문이 인터넷에 돌기 시작하면서 하삼선의 우주 다방 위층으로 이사 온다. 동일의 눈에는 동네사람들이 다 의심스럽 기만 하다. 과연 동일은 연쇄살인범을 추리해 낼 수 있을까? 그는 작 품의 해설자 역할을 한다.

이수진 : 40대. 어느 날 갑자기 하삼선을 찾아온 의문의 여인. 철저한 자 기관리로 젊음을 유지하며 개인주의자인 수진이지만 이상하게도 하 삼선의 말에는 군말 없이 따른다. 수진은 하삼선의 죽은 아들의 약혼 녀다. 진짜 하삼선은 그녀를 기억하지 못하는 걸까?

정현아 : 17살. 싱글대디인 복남의 딸로 아빠가 자신만을 보고 살아가는 것에 대해 미안함과 결핍, 불만을 가지고 있다. 자유분방하고 얼굴까 지 잘생긴 태민을 몹시 좋아한다. 다양한 방법으로 태민에게 애정을 표현하지만 계속해서 거절당한다.

정복남 : 30대. 하삼선 집의 세입자, 어린 시절 사고 쳐서 얻은 딸을 키우 며 성실하게 살아간다. 37살의 남자로 아빠 역할을 어떻게 해야 할 지 몰라 늘 노심초사다. 딸에 대한 걱정으로 늘 하지 마! 안 돼!를 입 에 달고 사는데 인생최대 걸림돌 태민이 나타난다.

제1막

〈여기는 우주다방〉

우주다방이라는 네온이 들어오는 커피숍. 어딘지 음산한 분위기다.
무대 한가운데 바(Bar) 형태의 주방이 있고 오른쪽에는 위층에 올라
가는 계단이 보인다. 다방에는 테이블이 한두 개, 바(Bar) 앞에 의자
가 몇 개 놓여있다.
바(Bar) 왼쪽 끝에 Self라는 팻말이 크게 붙어있고 그 위에 오래 된
자율계산함이 놓여 있다.
바(Bar)에 서서 하삼선이 진지한 표정으로 작품을 만들어내듯 커피
를 내리고 있다.
다방에 커피향이 가득 퍼질 때 끼이익 소리와 함께 우주다방 출입
문이 열리며 커다란 짐가방을 든 동일이 들어온다.

동일   저….
하삼선   쉿!

자신의 작업을 방해하지 말라는 듯 단칼에 동일의 말을 자르고는
커피 만드는 일에 몰입한다. 동일 눈치를 보며 슬금슬금 다방 구
석진 테이블에 앉아 하삼선의 커피 내리는 모습을 훔쳐보다가 혼

잣말을 하기 시작한다.

동일 역시 예사롭지 않은 곳이야. 까페라기엔 왠지 음산한 이 분위기. 손님을 전혀 반기지 않는 주인의 태도. 나이에 맞지 않는 저 괴상한 차림새까지… 나의 추리는 틀리지 않았어. (노트북을 꺼내 열심히 기록을 하며 대사한다) 2019년 9월 12일 사건의 중심지로 들어오는데 성공했다. 이 마을 뒤쪽에 있는 황산에서 살인사건이 벌어진 지 72일이 지난 지금, 내 추리에 의하면 범인은 이 우주다방 가까이에 있다. 그 이유는 바로….

이때 요란스럽게 들어오는 복남, 그 뒤로 허름한 차림새의 용구가 뒤따라 들어온다.

복남 삼선 씨, 위층 깨끗하게 다 치웠어. 먼지가 얼마나 많은지? 한번 가서 봐. 나 쉬는 날이었으니까 다행이지. 아니면 어쩔 뻔했어? 근데 이사 온다는 사람은 언제 온데요?

동일 저 남자… 정복남 (동일의 대사와 함께 다른 인물들 스톱모션 된다) 37세. 어려보이지만 열일곱 살짜리 딸이 있는 싱글대디. 서글서글하고 사교적인 성격에 감춰진 저 날카로운 눈빛! 더구나 택배를 하고 있어 지역 지리에 빠삭하지. 의심스러워~~ (다른 인물들의 스톱모션이 풀린다)

용구 원두 새로 들어왔나 보네?

복남　어떻게 알았어요? 아~ 진짜 형님은 개 코라니까. 냄새만 맡고 그걸 어떻게 알아요?

용구　(냄새를 깊이 맡으며) 음~ 이건… 루왁 커피보다 2배 이상 비싸다는 블랙 아이보리!! 코끼리 똥에서 추출한 최고급 커피의 향기인데.

동일　저 남자 박용구. (다시 모든 등장인물들 스톱모션) 50대로 보이나 정확한 나이는 알 수 없다. 거주지 미상. 나이 미상. 직업미상. 노숙자로 가장하고 있지만 누구보다 의심스러워~~ (스톱모션 풀린다)

삼선　(두 사람 앞에 잔을 내밀며) 자, 맛들 보세요.

복남　(한 모금 마시고는 호들갑스럽게) 오호, 역시 비싼 건 달라, 맛이 그냥 죽이는데요. 그죠 형님? 커피 한 모금에서 코끼리가 뛰어놀던 초원의 바람 냄새가 느껴진달까?

삼선　막심커핍니다. 모카골드! 가게이름이 다방인데 다방커피가 있어야지요.

복남·용구　네??

삼선　(동일을 향해) 거기 손님! 자리 값은 해야지요. 뭐로 드릴까요?

동일　(갑작스레 자신을 향하자 깜짝 놀라며) 네? 저요?

삼선　그래, 너요. 뭐로 드릴까요? 오늘은 신메뉴가 있으니 그걸로 합시다. 다방커피! 괜찮지요?

동일　네. 아니… 근데 전.

삼선　(커피를 바에 올려놓으며) 자, 여기! 셀픕니다.

동일　(벌떡 일어나며) 네!

복남　(싹싹하게) 제가 가져다 드리겠습니다. 처음 오신 분 같은데 이 동네 분이 아닌가 봐요?

삼선　직접 가져가십시오. 사지육신 멀쩡한데 왜 갖다 줍니까?

복남　그래도 처음 온 손님이잖아.

동일　근데….

복남　삼선 씨, 신메뉴 얼마 받을 거야?

삼선　적당히.

복남　적당히면… 삼천 원?

용구　천원.

복남　그건 너무하지 형님이 요즘 물가를 너무 모르네,

동일　저기요… 근데 제가

용구　그래도 다방커핀데 싼 맛이 있어야지.

동일　저 할 말이 있는데….

복남　잠깐만 기다려 봐요. 형님 감가상각비라는 거 알아요? 이 차 한잔을 그냥 쉽게 생각해서는 안 되는 거예요.

용구　어렵게 생각해서 커피 한 잔에 칠팔천 원 하냐? 너 같은 놈들 땜에 우리같이 선량한 시민이 차 한 잔 맘 놓고 못 마시는 거야? 알아??

복남　놈? 지금 놈이라고 했어요?

동일　그만하세요.

용구　그래!! 나이도 이런놈이 말이야. 이쩔래?

용구와 동일 흥분해서 멱살을 잡으며 붙어있고 동일 가운데 끼어 어쩔 줄 몰라 한다.

삼선 다가와 둘의 뒤통수를 후려친다.

삼선 먼지 납니다. 나가서 싸우세요! (동일에게) 커피 값은 적당히 저 통에 넣어요.

동일 네! 여기 천원? (삼선의 눈치를 보며)… 아니 이천, 삼천 원!! (경건한 자세로 자율계산함에 넣는다)

복남 아~ 근데 이 사람은 왜 이렇게 안 오는 거야?

동일 저… 제가.

자신이 세입자임을 말하려는데 복남과 용구가 본격적으로 세입자에 대한 험담을 하기 시작하자 말을 꺼내지 못한다.

복남 삼선 씨, 그러게 사람도 안 보고 계약을 하면 어떡해?

용구 아직도 세상 무서운 줄 몰라요. 가뜩이나 연쇄살인이다 뭐다 시끄러운데.

복남 맞아! 언제까지가 될지 몰라도 한집에 같이 살 사람인데 어떤 놈인지 얼굴은 잘 보고 들여야 될 거 아냐?

용구 계약금은 제대로 받았어요?

복남 괜히 이상한 놈 들어오는 거 아니야? 시간약속도 제대로 안 지키고 말이야?

용구 약속은 생명인데….

복남 내 말이 그 말이야. 하나를 보면 열을 안다고 시간도 제대로 못 지키는 거 보면 이거 이거 영 미덥지가 않다고. 잔금 받을 때 제대로 잘 확인해봐.

삼선 니들 앞가림이나 하십시오.

복남 하! 안 되겠네. 전화번호 없어? 내가 전화라도….

이때, 모자를 푹 눌러 쓰고 며칠째 옷도 갈아입지 못한 듯 구겨진 옷을 입은 초췌한 모습의 태민이 우주다방의 문을 기웃거리고 있다. 이 모습을 발견한 복남. 격하게 반기며 태민을 끌고 들어온다.

복남 아~~ 여기 오셨네. 아이구, 왜 이렇게 늦으셨어요? 한참 기다렸어요.

태민 네?….

복남 우리가 벌써 2층 들어갈 방 싹 치워놓고 기다렸잖아.

용구 (괜히 심하게 엄살을 피우며) 아이고, 힘들어 죽는 줄 알았네.

삼선 (태민에게) 한동일 씨? 약속시간보다… 26분 늦었네요?

태민 (무슨 상황인지 몰라 어리둥절하며) 네?….

삼선 다른 건 몰라도 앞으로 내 집에서 약속은 꼭 지켜줘요. 알겠죠?

태민 (삼선의 뜨거운 눈빛에 눌려) 네?… 네….

복남 근데, 스물아홉이라고 하지 않았나? 진짜 동안이네, 너무 어려 보여. 완전 십대라고 해도 믿겠어. 안 그래요, 형님?

용구 그러게 현아 또래로 보이네. 요즘 젊은 친구들은 어째 나이를 못 알아보겠어.

삼선　쓸데없는 소리들 그만하고, 한동일 씨는 잔금먼저 확인하고 방으로 올라갑시다.

삼선, 복남, 용구 세 사람 태민을 바라보면 태민은 어리둥절한 표정으로 서 있고 자신이 끼어들 타이밍을 몰라 뒤쪽에 서성이던 동일 이때 돈봉투를 꺼내 번쩍 펼쳐들며 큰소리로 외친다.

동일　여기!! 잔금이요.

삼선, 복남, 용구, 태민 일제히 동일을 돌아본다.

동일　안녕하세요? 오늘 새로 입주하기로 한 한동일이라고 합니다. 아, 29살입니다.

복남　(옆에 있는 태민을 보며) 그럼 이 사람은?

용구　(태민에게) 아는 사람이야?

태민　(고개를 젓는다)

복남　(태민에게) 그럼 누구세요?

태민　김태민인데요….

복남　아니, 그러니까 여기 왜?

삼선　다방에 왜 왔겠어요. 차 마시러 왔지.

상황을 파악한 용구, 재빠르게 동일에게 다가가 반갑게 악수를 하며 말을 건다.

용구 아, 한동일 씨, 반갑습니다.

복남 (호들갑스럽게 다가가며) 초면에 이런 실례를 하다니… 일찍 와서 기다리고 계신 걸 우리가 못 알아봤네. 연쇄살인 때문에 동네가 좀 어수선해서.

용구 근데, 걱정 말아요. 그놈 잡혔으니까. 이제 맘 편히 지내도 돼.

동일 네? 잡혔다고요? 아니, 그럼 안 되는데….

복남 이건 이리 주시고 일단 방으로 올라갑시다.

정신없이 다가가 동일이 손에 쥔 돈을 테이블에 내려놓고 노트북을 챙겨 가슴에 안기더니 짐가방을 들고 앞장선다.

용구, 복남, 동일의 정신없는 틈을 타 테이블에 덩그러니 놓인 돈다발을 보며 갈등하던 태민 잽싸게 돈을 집어 달아난다. 이 모습을 본 삼선 날렵한 몸놀림으로 태민을 제압해 무릎을 꿇게 하고는 그 앞에 자율계산함을 내민다.

삼선 (날카로운 눈빛으로 태민을 바라보며) 여기다 넣어주시겠습니까?

태민 … 네. (자율계산함에 돈을 넣는다)

삼선 고마워요~ 김태민 군!

이때, 갑자기 태민의 뱃속에서 크게 꼬르륵 소리가 난다. 창피함에 배를 부여잡으며 헛기침을 하는 태민. 태민의 행색을 찬찬히 뜯어 보는 하삼선.

삼선 그리고 우주다방에 알바생이 필요한데 내일부터 출근하 도록!

태민 네?

삼선 아! 그냥 오늘부터 하는 걸로 합시다. 일단, 밥부터 먹고.

음악과 함께 암전.

〈왕년엔 나도〉

암전 중에 휴대폰 벨소리와 함께 조명이 들어오면 우주다방 맞은 편 편의점 앞, 빈 상자 몇 개를 접어놓고는 벨소리 음악에 맞춰 노 래를 흥얼거리는 용구의 모습이 보인다. 소중한 보물을 다루듯 휴 대폰을 손수건으로 닦고 있다.

이때 현아가 등장한다. 현아가 들어오는 것을 보고는 용구 잽싸게 휴대폰의 음악을 끄고 손수건으로 휴대폰을 싸서 품속에 넣는다. 이 모습을 현아에게 들킨다.

현아 뭐야? 아저씨 휴대폰 있었어요?

용구	(소중하게 휴대폰을 닦아서 손수건으로 싸서 넣는다)
현아	와~~ 그러면서 왜 맨날 폰 빌려달라고 했어요?
용구	없어!
현아	있잖아요.
용구	없다니까.
현아	이 아저씨가 막 사기 치네. 이렇게 눈에 보이는데.
용구	넌 어른한테 무슨 말 버릇이야. 사기라니? 그리고 어른을 봤으면 인사부터 해야지.
현아	치! (한 글자씩 딱딱 끊어가며) 안 녕 하 세 요! 됐어요? 그럼 지금 그 폰은 뭐예요?
용구	이건… 내가 집으로 돌아갈 수 있는 마지막 티켓이랄까. 카! 어린 니가 뭘 알겠냐?
현아	저도 알건 다 알거든요? 아저씨 사업 다 말아먹고 집 나와서 노숙자 된 거잖아요. 아니면 도박을 했던가. 아니면 주식? 어쨌든 집안 식구들한테 미안해서 못 들어가는 거 아니에요?
용구	(현아의 당돌함에 기가 막혀) 허….
현아	아저씨, 얼른 들어가세요. 아무리 돈을 못 벌어도 아빠가 없는 것보다는 있는 게 낫지 않겠어요? 저도 우리 아빠, 그렇게 철이 없어도 아빠라도 있어서 얼마나 다행인데요. 알겠죠? 그리고 아저씨, 이제 휴대폰 못 빌려드려요!!

현아 우주다방 안으로 들어가고 때마침 동일 안에서 나오다 이 상

황을 목격하고는 기막혀하는 용구에게 다가온다.

동일   안녕하세요?

용구   내가 진짜 빨리 여길 뜨던지 해야지. 이젠 애들한테까지
        무시를 당하니.

동일   진정하세요. 요즘 젊은 친구들이 좀 직설적이잖아요. 우리
        선생님께서 세상경험도 많으시고 아량도 넓으시니까 이
        해해주세요. (한숨을 내쉬며) 원래 세상일이라는 게 생각대
        로 되는 게 아니더라고요.

용구   (동일의 치켜세우는 말에 이내 기분이 좋아져서) 내가 말이야. 애
        들한테 그런 말이나 듣고 할 사람이 아니야.

동일   그럼요. 지금 이렇게 계셔도 인품이 보이는데요.

용구   하, 이 사람 글 쓰는 사람이라 그런지 역시 사람 보는 안목
        이 있구먼.

동일   별말씀을요.

용구   내가 왕년에 말이지, 영등포에서 나를 모르는 사람은 없
        었지. 춤신춤왕 박용구! 브레이크 댄스에서 허슬, 토끼춤,
        사교댄스까지 모든 장르를 가리지 않았어.

동일   와~~ 대단하시네요.

용구   나의 명성은 영등포를 넘어 명동, 강남까지 두루 퍼져나
        갔지. 그러다 그녀를 만났어. 내 영원한 사랑. 윤희!

음악과 함께 조명이 바뀌며 환상속의 윤희가 춤을 추며 등장한다.

자연스럽게 용구 환상장면이 펼쳐지며 첫 만남을 재현한다.

윤희   니가 영등포 춤짱 박용구?
용구   넌 천호동 여신 윤희?

두 사람, 격정적인 댄스배틀을 벌이다 점차 뜨거운 듀엣안무를 벌이며 자연스럽게 환상이 마무리되면 다시 동일의 옆으로 와 앉는 용구.

용구   그게 내 마누라야. 우리의 첫 여행지는 춘천이었어. 언젠간… 언젠간 말이야. (품속에서 휴대폰을 꺼내 음악을 튼다) 이 벨소리가 울리고… 나의 윤희가 내게 전화를 걸어줄 거라고 난 아직도 믿고 있어. 그럼 다시 꼭 춘천으로 여행을 가 보려고.

이때 우주다방에서 현아의 큰 목소리와 함께 조명이 들어오며 용구와 동일 쪽 조명이 천천히 꺼진다.
현아가 삼선에게 아르바이트를 하게 해 달라고 조르고 있고 태민은 못 들은 척하며 무심하게 자기 일을 하고 있다.

현아   왜? 왜? 왜 안 되냐고??
삼선   안 됩니다!
현아   (삼선을 따라하며) 안 됩니다~~!! 돈 안 줘도 돼. 그냥 무급으로 일 한다니까. 나처럼 예쁜 알바가 있으면 카페가 얼마나 잘 되는데. 어릴 때 여기서 놀기만 해도 나 보러 손님들 엄청 왔었잖아.

삼선　그럼 딴 데 가서 하시던지.

현아　내가 의리가 있지. 어떻게 딴 가게 잘 되라고 그런 짓을 해?

삼선　여기가 너 연애질 하는 뎁니까?

현아　아니야. 나 진짜 진~~짜 일만 열심히 할게. 응? 할머니… 아니 아니, 삼선씨….

삼선　그렇게 열심히 일하고 싶으면 집안일이나 좀 도와요. 니 애비 혼자 힘들게 하지 말고.

태민　(저도 모르게 픽하고 웃는다)

현아　(태민을 의식하며) 도와, 돕는다고. 내가 얼마나 열심히 돕는데.

태민　전, 이만 들어가 보겠습니다.

삼선　그래요, 수고했어요. 아! 거기 빈 상자들 좀 밖에 내놔줘요.

태민　네.

현아　태민아, 벌써 가는 거야? 같이 가.

태민　됐어.

현아　어디 가는데?

태민　몰라도 돼. (우주다방을 나간다)

삼선　(태민을 따라 나가려는 현아를 불러 세우며) 현아 넌 이리 오십시오.

현아　아, 왜? 알바도 안 시켜준다며?

삼선	저놈이 그렇게 좋아요?
현아	(반색하며) 응, 좋아!! 좋아, 너무 좋아.
삼선	어디가 그렇게 좋은데?
현아	잘 생겼잖아.
삼선	남자 얼굴만 보다가 큰 코 다칩니다.
현아	치, 그래도 난 잘 생긴 게 좋아.
삼선	그리고.
현아	그리고 또 뭐?
삼선	그게 답니까?
현아	뭐가 더 필요해? 음… 굳이 찾는다면 느낌?
삼선	느낌… 중요하지요.
현아	그치. 태민이가 인생이 졸라 고달파서 그런지 뭔가 우울하면서도 시크하고 하여튼 나이보다 있어 보이는 그런 느낌이 있어. 확 빠져들고 싶은.
삼선	그래요?
현아	태민이 아빠가 결혼을 세 번이나 했거든? 근데 이번 새엄마가 완전 골 때리나 봐. 우리하고 나이도 얼마 차이가 안 난데. 그래서 집에도 거의 안 들어가고 여기저기 쉼터에서 살고 으… 걔네 아빠 완전 싫어!!!
삼선	엄마는?
현아	몰라. 엄마는 모르는 거 같던데?
삼선	좋아하면 뭘 좀 제대로 알아야 되는 기 아니에요?
현아	아, 내가 걔 좋아하지 걔네 엄마 좋아해? 그리고 나도 엄

마 모르거든.

삼선 넌 좋은 아빠 있잖아요.

현아 그래서 알바 시켜 줄 거야? 말 거야?

삼선 안 됩니다!

현아 에이씨, 알바도 안 시켜주면서 쓸데없는 것만 물어보고 나 갈 거야.

삼선 인사!

현아 안녕히 계세요….

〈휴대폰 실종사건〉

깊은 밤, 소중히 간직하던 자신의 휴대폰이 갑자기 사라진 걸 발견하고 사색이 된 모습으로 이곳저곳을 들쑤시고 다니는 용구의 모습이 보인다.

용구 (거의 정신이 나가 울먹이며) 내 휴대폰… 대체 어디 간 거야? 윤희야… 여보!!! 미안해… 어딨어… 여보… 내가 잘못했어….

휴대폰을 찾고 있는 용구와 마땅히 잘 곳이 없어 몰래 우주다방으로 들어오던 태민이 정통으로 마주치며 깜짝 놀란다.

용구·태민   으악~~!!

용구   너 뭐야??

태민   아저씨 뭐예요? 씨발 간 떨어지는 줄 알았네.

용구   뭐? 씨발? 너 이 시간에 왜 여기 있어?

태민   그러는 아저씨는 뭔데요?

용구   (의심스런 눈길로 바라보며) 너지?

태민   뭐가요?

용구   범인은 현장에 다시 나타나게 돼 있어.

태민   아~ 짜증나게 이상한 소리하고 있네.

용구   니가 내 휴대폰 훔쳐 갔잖아.

태민   아저씨도 휴대폰 있어요? 노숙자가? 치~

용구   (태민의 멱살을 잡으며) 당장 내놔!! 그게 얼마나 중요한 건지 알아!!

태민   (거칠게 뿌리치며) 아이씨!! 증거 있어? 왜 생사람을 잡고 난리야?

용구   넌 돈도 훔치려고 했었잖아? 내가 모를 줄 알아? 다 알아.

태민   할머니도 아무 말 안하는데 당신이 무슨 상관이야!!

두 사람의 요란한 소리에 동일 급히 내려와 싸움을 말리기 시작한다.

동일   (가운데 끼어들며) 그만히세요!!

용구   어린 노무 새끼가 말하는 버르장머리가 틀려먹었어! 너

또 뭐 훔치려고 이 밤중에 여기 왔지? 너 같은 놈은 제대로 콩밥을 먹어야 정신을 차리지.

태민 아저씨나 이 사람 저 사람한테 빌붙을 생각 말고 정신 똑바로 차리세요.

용구 뭐야? 안 되겠어. 경찰 불러!!

태민 불러요, 불러!!

뒤따라 내려온 삼선. 커다란 헤드폰을 끼고 죽도를 들고 내려온다.

삼선 지금부터 내 음악 감상을 망치는 놈은 (죽도로 치는 자세를 보이며) 머리… 머리, 머리, 머리… 제대로 박살내 주겠습니다!

삼선이 뒤돌아서 리듬을 타며 들어가고 그런 삼선을 망연자실하게 바라보는 세 사람.
들어가던 삼선 갑자기 뒤를 돌아보며 말한다.

삼선 (태민에게) 너!

태민 네? 저요?

삼선 그래, 너! 넌 오늘부터 야간알바까지 추가합시다.

태민 네?

삼선 다방 안에 있는 방에서 자면서 오늘처럼 가게 주변에 불미스런 일이 생기지 않도록 잘 지키도록 해요.

태민	….
삼선	대답!
태민	네, 알겠습니다.
삼선	인사!
용구·태민·동일	안녕히 주무세요!

삼선이 퇴장하고 태민도 어색하게 용구와 동일에게 인사하고 우주다방으로 들어간다. 집으로 들어가려던 동일이 랜턴을 들고 서 있는 용구의 행색을 보고 궁금증을 참지 못해 무슨 일인지 묻는다.

태민	(용구와 동일에게) 그럼… 안녕히 주무세요…. (우주다방으로 들어간다)
동일	저도 그럼 이만… (들어가려다가 다시 용구에게 다가오며) 저 근데 선생님, 이 밤에 무슨 일이세요?
용구	(자신의 맘을 알아주는 동일을 만나 울컥하며) 글쎄… 내 휴대폰을 잃어버렸어.
동일	네? 그거 선생님이 엄청 아끼시는 거잖아요?
용구	자네가 알다시피 내가 한시도 몸에서 떼어놓지 않는 정말 소중한 보물인데 그게 없어지다니
동일	언제 어떻게 잃어버리신 건데요?
용구	그러니까 내가 자네와 우리 윤희 얘기를 나눌 때까지는 분명히 잘 가지고 있었단 말이지, 그리고 나서 평소처럼

손수건에 싸서 품속에 넣어두고 밤에 잠자리에 누워 다시 한 번 우리 윤희의 지정 벨소리를 확인하려고 꺼내보는 순간 감쪽같이 휴대폰이 사라졌다 이 말이야.

동일 추리소설 작가로서 이 사건! 뭔가 엄청난 촉이 오는데요?

용구 그래? (동일의 손을 잡으며) 자네만 믿어. 나한테 얼마나 소중한 물건인지 알지? 제발 꼭 좀 찾을 수 있게 도와주게.

동일 먼저 마지막으로 휴대폰을 가지고 있던 순간부터 만났던 사람들을 떠올려봐야 해요.

이때부터 용구의 이야기에 따라 장면이 재연된다.

동일 선생님께서 제게 사모님에 관한 얘기를 해주시고 바로 직후에 (동일 손수건 위에 휴대폰을 세팅한다)

용구 아까 그 양아치 놈!

동일 네. 김태민 군이 저 우주다방에서 나왔죠.

우주다방에서 빈 상자를 들고 태민이 나온다. 태민은 상자를 어디에 둬야할지 두리번거리다가 용구와 동일이 앉아있는 곳 옆에 상자들이 쌓여 있는 것을 보고 그곳에 상자를 내려놓는다.

이때, 조명과 음악이 바뀌면서 태민이 과장된 표정과 몸짓으로 용구 앞에 있는 휴대폰을 몰래 훔치고는 사악한 미소를 지으며 좋아한다.

용구 이봐~~ 내 말이 맞잖아!! 저 양아치 놈이 틀림없다니까!!! 저놈은 처음 봤을 때부터 생양아치 같은 게 맘에 안 들었어. 남의 물건에 손대는 건 해본 놈이 하는 거라니까!!

동일 아니요! 아직 단정하긴 이릅니다. 추리소설에서 너무 쉬운 답은 함정인 경우가 많죠.

용구 그래? 맞아 그렇긴 해. 여기서 이런 일이 일어나면 제일 먼저 의심 받을 텐데 바보가 아니고서야 그런 짓을….

동일 그 다음에 또 다른 사람이 지나갔죠. (또 하나의 휴대폰을 세팅한다)

안녕히 계세요! 소리와 함께 현아가 우주다방에서 나온다. 휴대폰으로 열심히 채팅을 하다가 동일과 용구에게 다가온다.

현아 (휴대폰으로 열심히 채팅을 하며) 태민이가 어디로 갔으려나? 수배 좀 때려볼까… (동일과 용구에게 다가와) 아저씨! 우리 태민이 어느 쪽으로 갔어요?

동일·용구 (손가락으로 한쪽 방향을 가리킨다)

현아 고맙습니다. (그쪽으로 나가다가 다시 돌아와 동일에게 바싹 다가와 말한다) 아저씨, 저 아저씨랑 너무 친하게 지내지 마세요. 완전 빈대대왕이요. 울 아빠도 저 아저씨한테 만날 삥 뜯겨요. 아저씨도 조심하시라고요.

대사 끝남과 동시에 음악과 조명 바뀌면서 현아가 동일에게 말하는 척 과장된 몸짓으로 휴대폰을 훔치고는 얄미운 표정을 지으며 좋아한다.

용구   (무릎을 탁 치며) 맞네, 맞아!! 어쩐지 나한테 만날 시비를 걸더니… 일부러 나 엿 먹이려고 그런 게 분명해.

동일   아직 기다리세요.

용구   맞다니까. 현아 개가 지 아빠랑 친한 나를 늘 못 마땅해 했어.

동일   확실한 증거가 있기 전까지는 모든 가능성을 열어둬야 합니다.

용구   와~~ 진짜 대단해!! 자네는 작가보다는 탐정을 하는 게 나을 것 같은데?

동일   제 기억엔 한 사람이 더 있었어요.

용구   한 사람? 누구?

동일   기억 안 나세요? (휴대폰을 세팅한다)

용구   아~~ 하삼선 여사님. 에이 그분은 그럴 리가 없잖아. (세팅한 휴대폰을 밀어낸다)

동일   추리소설에서 모든 용의자에게 예외는 없죠. (다시 제자리에 세팅한다)

용구   그래도….

하삼선이 우주다방에서 전화 통화를 하며 나온다. 꽤 심각한 내용인 듯 표정이 그리 좋지 못하다. 이내 두 사람을 발견하고는 서둘러 전화를 끊고 다가온다.

삼선 (전화통화를 하며) 필요 없어요. 글쎄, 내가 알아서 챙겨 먹으니까 걱정 마십시오. 네 선생님. 이만 끊습니다. (용구, 동일에게 다가가며) 왜 쌍으로 골목에서 노닥거리고 있습니까? (용구에게) 혜화마트 새 상품 들어오는 날입니다. 얼른 가서 박스 모아오세요. (동일에게) 이번 주 업데이트 할 웹소설 마무리는 다 했습니까? 지난주에 오타 있었습니다. 교정 제대로 하세요.

동일·용구 네!

삼선 그리고,

또다시 음악과 조명이 바뀌면서 하삼선이 과장된 행동으로 다가와 앞에 놓인 휴대폰을 덥석 쥐고 번쩍 올린다.

삼선 귀한 거라고 광내고 닦고 하면서 함부로 굴려도 됩니까? 잘 간수하세요. (용구 손에 쥐어준다)

용구 맞다!!! 그럼 그때까지 내 손에 있었다는 건데.

동일 그렇군요!

용구 뭐야? 그럼 대체 어디서 잃어버린 거야?

동일 이걸로 이곳 사람들이 훔쳐 간 건 아니라는 게 입증된 거군요.

용구　　제발 내 휴대폰 좀 찾아줘…!!

〈힙합 예찬〉

우주 다방. 하삼선이 커피를 내리며 뭔가를 중얼거리고 있다. 그런데 도저히 무슨 소리인지 알아들을 수가 없다. 옆에서 청소를 하며 이 모습을 보고 있는 태민. 처음에는 관심이 없다가 대체 뭐라고 하는 걸까 궁금증을 참을 수가 없어 주변을 맴돌기 시작한다.

삼선　　… 게으른 입술… 내 앞에… 무릎을 꿇었지… 그렇지. (갑자기 커피드리퍼를 들고 엉성하게 리듬을 맞추는 하삼선) 내 안의 명령… 비판… 오! 오! 오! 오!

최대한 자연스럽게 하삼선의 곁으로 다가간 태민이 어떻게든 무슨 소리인지 들어보려고 하삼선 가까이 귀를 대다가 그만 실수로 머리를 박는다. 황당한 표정으로 귀에서 이어폰을 빼내는 하삼선. 사실 음악을 들으며 따라 부르고 있었다. 이어폰을 빼고 음악을 크게 트는 하삼선. 우주다방 전체에 크게 울리는 음악. 커다랗게 울려 퍼지는 음악소리와는 반대로 굳어버린 태민과 하삼선.
잠시 둘 사이에 팽팽한 긴장감이 흐르고 이내 위기를 넘기려는 듯 흘러나오는 힙합음악을 따라 부르기 시작하는 태민. 그 실력이 놀라울 만큼 뛰어나다.

태민   (주저하며 흘러나오는 음악에 맞춰 랩을 하기 시작한다)

오늘의 나를 키운 곳은 언더그라운드

그 거친 무대의 가운데서 킬빌 다운

그 다음엔 오직 힙합다움 속에 몰입한 마음

삼선   (태민의 실력에 놀라 자신도 모르게 호응하며) 예!

태민   깊이 박혀 있는 뿌리에 보다 가까운 곳에 이를 때까지

곤히 잠자던 모두가 눈을 뜰 때까지 오늘도 늦게까지

결코 멈추지 않는 그 소리 힙합다운 힙합

새로운 기준이 되리 힙합다운 힙합

삼선   (평소와 달리 몹시 흥분한 표정으로 태민에게 하이파이브를 하며) 리스펙트! 김태민 군~~ 비트와 소울이 살아있는 랩퍼를 이렇게 직접 보게 되다니 영광입니다. 혹시 가사도 직접 쓰나요? 언제부터 랩을 했죠? 연습은 하루 얼마나 합니까? 좋아하는 가수는? 대체 어떻게 연습을 하면 그렇게 잘 할 수 있는 거죠?

태민   하나씩만 물어보세요. 연습은 뭐 따로 없어요. 계속 들으니까. 들으면서 따라하는 정도? 또 뭐 물어보셨죠? 아~ 가사는 심심할 때 끄적이는 정도?

삼선   그렇다면 김태민 군은 영재군요?

태민   네? 아니… 뭐… 그럴 리가… 애들 다 이 정도는 하는데.

삼선   영광입니다. 이렇게 한집에 고용주와 알바로 지내는 것도 인연인데 부탁이 있어요.

태민   뭔데요?

삼선   나한테 랩을 좀 가르쳐주는 게 좋겠습니다.

태민   안 좋은데요. 차라리 문화센터에 주부가요교실을 다니세요.

삼선   난 주부가 아니라서.

태민   사장님 연세에 랩을 배우려면 진짜 힘들어요. 굳이 왜 랩을 배우려고

삼선   랩은 그냥 음악이 아닙니다. 시이고 정신이에요. 가사 하나하나마다 담긴 그 사람의 생각, 마음, 분노가 그대로 드러나는 생생한 언어예요.

태민   그럼 그냥 시를 쓰시지.

삼선   시인이 아니라도 남녀노소 누구나 자신을 표현할 수 있게 하는 힘. 그게 바로 랩이라는 겁니다.

태민   (시덥잖은 반응으로) 아~예.

삼선   알바 비를 두 배로 올려주겠습니다.

태민   언제부터 할까요?

삼선   지금부터! (음악을 크게 플레이한다)

태민이 음악에 맞춰 열정적으로 랩을 하고 하삼선 태민의 랩하는 모습을 감격스럽게 바라본다. 그때 우주다방의 문이 열리며 수진이 들어온다.

수진   그동안 잘 지내셨어요….

열정적으로 힙합음악에 빠져있던 하삼선과 태민이 동시에 수진을 돌아보며 암전.

〈수사망을 조여라〉

조깅을 하고 들어오는 길인지 우주다방 앞 골목에서 잘 빠진 트레이닝복 차림으로 스트레칭을 하고 있는 수진의 모습이 보인다. 이 모습을 몰래 훔쳐보며 노트북으로 글을 쓰고 있는 동일의 모습 보인다.

동일 역시 살인사건물은 나하고 안 맞는 것 같아. 일단 방 계약 끝날 때까지 이 동네에서 작품 구상을 끝내야지. 미스터리? SF? 멜로? 멜로… (그러면서 의심스레 수진을 바라본다) 저 여자 이수진! 전혀 예상에 없던 인물이 등장했단 말야. 분명 여기 사장인 하삼선과 사연이 있는 것 같은데 반기는 것 같지는 않고… 나이는 40대가 분명한데… 매력 있어, 내 이상형이야. 아니, 내가 지금 정신을 바짝 차려야지? 글 쓸 때는 저렇게 매력적인 여자를 조심해야지.

수진을 훔쳐보는데 정신이 빠져있는 동일의 뒤로 초췌한 분위기의 복남이 약봉투를 들고 다가와 옆에 앉는다. 그런지도 모르고 혼자서 수진을 보는데 정신이 없는 동일.

복남 예쁘지?

동일 네… 네? (깜짝 놀라며) 아뇨, 아니 뭐.

복남 40대라는데 여자 나이는 진짜 말 안 하면 모르겠어. 나보다 누님인데 어디 그렇게 보이겠냐?

스트레칭을 하던 수진은 요염한 포즈로 걸어 퇴장한다.

동일 오늘은 일 안 나가셨어요? (약 봉투를 보고) 어디 아프세요?

복남 몸이 안 좋아서 오후에 나가기로 했어.

동일 (위로하며) 형님도 젊어보이세요.

복남 난 우리 현아 키우느라 좋은 시절 다 갔다. 이젠 밤이면 허리랑 어깨랑 안 쑤시는 데가 없다.

동일 택배가 그렇게 힘들다면서요?

복남 세상에 안 힘든 일이 어디 있나? 동일 씨도 매일 글 쓴다고 이렇게 앉아있는 거 어디 보통 일이겠어? 난 차라리 몸을 쓰지, 머리 쓰는 일은 못 하겠다.

동일 형님 보면 진짜 대단하신 것 같아요. 엄마 혼자 아이 키우는 것보다 아빠 혼자 아이 키우는 게 훨씬 어렵잖아요.

복남 나 혼자 키운 거 아니야. 동네 사람들이 다 도와주셨지. 특히 우리 삼선 씨가.

동일 근데 전부터 궁금해서 그러는데요. 형님은 왜 사장님한테 삼선 씨라고 하세요?

복남 아~ 그거? 처음 이사 와서 여러 가지로 너무 잘 챙겨주시는데 사장님은 왠지 딱딱한 거 같은 거야. 그래서 어머니라고 했거든. 왜 우리 음식점 같은데서 편하게 그렇게 부르잖아. 근데 우리 삼선 씨 표정이 딱딱하게 굳는 거야. (삼선의 흉내를 내며) 내 이름은 하삼선입니다. 이름 놔두고 이상한 호칭으로 부르지 마십시오. 아쉽지만 어쩌겠어. 그때부터 삼선 씨~ 삼선 씨~ 했지. 근데 더 정감 있지 않아?

동일 (심각하게) 왜 그랬을까요?

복남 뭘 왜 그래? 그래도 처녀가 엄마 소리 듣는데 기분 좋을 리 없지.

동일 사장님이 처녀예요?

복남 아마도? 어쨌든 우리 삼선 씨 덕분에 나랑 우리 현아 걱정 없이 잘 살았잖아. 지금은 우리 현아가 나한테 얼마나 잘 하는데. 오늘도 나 아프다고 직접 전복 넣고 죽까지 끓여줬어요.

동일 와~~ 역시 자식 키운 보람 있네요.

복남 그럼.

동일 아플 때 혼자 있으면 얼마나 서러운데요.

복남 (기분이 좋아져서) 내가 다른 건 몰라도 자식 하나는 잘 낳았다니까

동일 부럽습니다.

복남과 동일이 즐겁게 대화하는데 태민의 뒤를 졸래졸래 따라 들어오는 현아. 미처 두 사람을 발견하지 못하고 태민에게 온갖 애

교를 부리며 자신이 끓인 전복죽을 먹어보라며 아양을 부린다.

현아 태민아, 그러지 말고 한번만 먹어봐… 이거 진짜 몸에 좋은 것만 잔뜩 들었어. 내가 요리 하나는 끝내준다니까. 뭐 다른 것도 끝내주지만.

태민 됐어.

복남 아니, 저게…. (소리치려다 동일에게 제지당하고 충격에 휘청인다)

동일 형님

현아 내가 너 주려고 새벽부터 일어나서 전복 다듬고 쌀 불리고 온갖 재료 준비해서 정성껏 만들었는데 맛이라도 봐야 되는 거 아냐?

태민 죽 싫어해.

현아 (태민에게 딱 달라붙어 애교를 부리며) 그럼 맛으로 먹지 말고, 몸 생각해서 먹어! 너 이렇게 만날 밖에서 자고 제대로 먹지도 못하는데 그러다 큰일 나. 지금은 젊으니까 괜찮지만 나중에 고생해. 우리 아빠 봐. 어릴 때부터 너무 고생해서 아직 마흔도 안 됐는데 완전 팍삭 늙었잖아. 너 그렇게 되면 어쩔래?

진정하려던 복남. 더 이상 참지 못하고 벌떡 일어나 현아와 태민에게 다가간다.

복남 야!! 정현아!! 떨어져!!

현아   아빠.

복남   당장 그 양아치 놈한테서 떨어져!!

태민   (현아에게서 떨어져 뒤로 물러나며) 안녕하세요.

현아   아빠 아프다고 하지 않았어? 집에서 쉬지 왜 돌아다녀?

복남   (현아를 자신 쪽으로 끌어당기며) 아침 일찍 학원보충 간다더니? 여기가 학원이야? 저놈이 학원선생이냐고?

현아   갈 거야, 갈 거라고. 가는 길에 잠깐 들린 거야.

복남   아빠 아프다고 새벽부터 죽 끓인 줄 알았더니 저 양아치 놈 가져다주려던 거였어? 그런 거야? 응?

현아   아빠도 먹고, 태민이도 같이 먹으면 좋지 뭘 그래? 자기는 만날 동네방네 다 퍼주면서…,

태민   (살금살금 현아가 가져온 죽 도시락을 앞쪽으로 밀어놓는다)

복남   (태민에게) 너!!

태민   네? 저요?

복남   그거 우리 현아가 날 위해 끓인 죽이야.

태민   (얼른 들어서 복남에게 내밀며) 여기! 드세요.

복남   (받지 않고 무섭게 노려보며) 내가 먹고 남은 거 너한테 주는 거야. 먹어! 알겠어?

태민   저 죽 안 좋아하는데요.

복남   그래도 먹어!!

태민   그리고 다시는 우리 현아 만나지 마!

현아   아빠~~

복남   정현아! 다른 놈은 다 되도 저놈은 안 돼! 알겠어? 따라

와!! (단호히 말하고 퇴장한다)

현아 아빠~~ 태민아 미안~~ 또 연락할게. 아빠 같이 가!!

복남을 따라 현아도 들어가고 어색하게 남게 된 태민과 동일.

태민 전복죽 드실래요?
동일 그럴까?

음악과 함께 암전.

〈괴짜노인 하삼선〉

편의점 앞에 놓인 테이블에 앉아 혼자 술을 마시고 있는 수진. 외출하고 돌아오던 동일이 수진을 발견하고 옷매무새를 가다듬고 다가가서 인사를 건넨다.

동일 저… 안녕하세요?
수진 (슬쩍 고개를 돌려 쳐다보더니 외면한다)
동일 전 그쪽이랑 같이 사는….
수진 (날카롭게 째려본다)
동일 아니… 그쪽 위에 사는… 아니 그러니까 제가 위에 있다는 게 아니라… 같은 건물 위층에 제가… 저희 집 아래층에 수진 씨가 산다는 건데….

수진   (기가 막혀 벌떡 일어난다)

이때 태민이 아르바이트를 마치고 우주다방에서 나오며 수진을
발견하고는 다가온다.

태민   누나~
동일   누나??

수진, 태민과 독특한 손인사를 나누고는 동일을 무시한 채 들어가
버린다.
동일이 부러운 듯 멍하니 바라보다가 수진이 들어가자마자 태민
에게 달라붙어 질문을 퍼붓는다.

동일   태민아, 너 수진 씨랑 친하냐?
태민   아저씨 수진이 누나 좋아해요?
동일   아니! 그냥 한집에 사는 사람으로서 기본적인 관심이지.
태민   관심 꺼요. 수진이 누나는 아저씨한테 관심 없으니까.
동일   작가는 말이야, 주변 모든 사람, 사건, 아주 사소한 일상에
          도 관심을 가져야하는 거야. 하긴 니가 매일 매일 창작을
          하는 작가의 고뇌에 대해 어떻게 알겠냐?
태민   관심 없어요.
동일   보자보자 하니까 이 녀석이! 그리고 너 내가 수진 씨보다

더 어린데 수진 씨한테는 누나라고 하면서 왜 자꾸 나한테는 아저씨라고 하냐?

태민 (동일을 위아래로 훑어보며) 고뇌를 많이 해서 그런가… 말하는 거나 겉모습이나 딱 아저씬데 어떡해요? 제가 다른 건 몰라도 거짓말은 못하거든요.

동일 (확 치미는 화를 꾹꾹 누르며 혼잣말로) 참자… 참아… (화제를 돌리며) 그래, 태민아? 아르바이트는 할 만하냐?

태민 먹고 사는데 쉬운 일이 어디 있어요?

동일 (이를 악물고) 그렇지… 우주다방 사장님이 워낙에 독특하기도 하시고

태민 (이제까지와는 다르게 갑자기 적극적으로 말한다) 그죠? 진짜 깨지 않아요?

동일 (뭔가 중요한 정보를 얻으려는 듯) 니가 보기에도 이상한 점이 많냐?

태민 당근 빠따죠~~ 아니 그 나이 할머니가 만날 힙합만 듣는데 그것부터 완전 깨지 않아요. 게다가 자율계산함? 그거 한 번도 안 열었대요. 그럼 대체 안에 얼마가 들어있는 거야?

동일 너 안 보는데서 열겠지? 그럼 장사를 어떻게 하시겠냐?

태민 제 말이 그거예요. 진짜 옛날에 뭐했던 사람인지 정체가 궁금하다니까….

동일 수진 씨하고는 어떤 사이래?

태민 글쎄 그것도 좀 이상하다니까요?

동일 가족도 아닌 것 같고?… 그렇다고 남이라기엔 뭔가 있는

것 같고….

태민 아… 입양 보낸 딸!

동일 입양?

갑자기 조명과 음향이 바뀌며 태민의 상상이 펼쳐지고 상상에 의한 장면이 벌어진다.
태민의 설명에 따라 장면이 코믹하게 재연된다.

태민 사실 사장님은 어둠의 세계를 지배하는 마피아계의 큰손이었던 거예요. 그러던 어느 날 힙합가수와 사랑에 빠지게 된 거죠. 두 사람은 뜨거운 사랑을 나누며 남들처럼 행복한 삶을 꿈꾸지만… 사장님은 자신을 따르는 조직의 수많은 부하들을 버리고 사랑을 택할 수 없었어요. 결국 사장님은 사랑의 결실인 아기를 눈물로 입양 보내게 된 거예요. 그리고 세월이 지나 검은 머리가 파뿌리가 된 어느 날 첫사랑을 꼭 닮은 그 딸이 찾아온 거예요.

수진 (코믹하게) 엄마~~

삼선 (안으며) 딸아~~

동일 에이, 말도 안 돼!!

동일의 말을 신호로 상상이 깨지며 조명도 꺼지고 상상속의 등장인물 모두 퇴장한다.

동일 할머니가 마피아라는 게 말이 되냐? 니가 조폭영화를 너무 많이 봤구나?

태민 왜요? 우리 사장님 은근 카리스마 작렬이잖아요. (하삼선의 흉내를 내며) 내 집에서 약속은 꼭 지켜줘요!

동일 그래도 그건 아니지… 내가 보기엔 말야… 음… 삼각관계….

태민 삼각관계?

다시 음향, 조명 바뀌고 동일의 상상으로 들어간다. 동일의 설명에 따라 장면이 재연된다.

동일 사실 하삼선은 무기공학을 연구하는 저명한 학자였어.

태민 웬 무기공학?….

동일 폼 나잖아!! 평생을 연구에 매진하느라 결혼도 안 하고 인류를 위해 공헌하던 하삼선은 후학을 가르치던 강단에서 운명의 상대를 만난 거야. 제자와 스승의 사이로! 이미 가정이 있는 제자와의 스캔들은 평생 학문에 바쳐온 하삼선의 명예를 한 순간에 사라지게 했지만 운명과도 같은 사랑을 막을 수는 없었어.

하지만 그녀는… 그녀!! 그녀!!! (하삼선의 운명의 상대로 연기하던 상대가 남자인 것을 보고 동일, 그게 아니라고 계속 신호를 주면 다시 여자로 바꿔 재연한다) 하삼선이 무너지는 걸 그대로 보고 있을 수는 없었어. 그래서 하삼선을 버리고 가정으로 돌아갔지. 그리고 세월이 지나 검은 머리가 파뿌리가 된 어느 날 운명의 사랑을 만나러 다시 돌아온 거야.

수진　교수님~~

삼선　수진~~

태민　에이, 뭐야~~

태민의 말을 신호로 상상이 깨지며 조명 꺼지고 상상 속 인물들 퇴장한다.

태민　완전 막장 드라마네. 무슨 작가가 상상력이 이렇게 구려요?

동일　저렇게 매력적인 수진 씨가 남자한테 너무 관심이 없는 게 수상하지 않아?

태민　남자한테 관심 없는 게 아니라 아저씨한테 관심이 없는 거예요.

이때 퇴근하고 들어오던 복남이 태민과 동일의 말도 안 되는 이야기에 아는 척하며 끼어든다.

복남　어~~허! 이런 무지한 청춘들 같으니….

동일　아, 형님은 여기 사장님하고 오래 지내셨으니까 잘 아시겠다.

태민   에이… 제가 알기로는 우리 사장님 과거에 대해서는 아무
        도 모르는 거 같던데.

복남   내가 또 이렇게 쓸데없는 소문 퍼질까봐 아무한테도 얘기
        안했는데… 어디 가서 나한테 들었다고 하면 절대 안 돼.
        알았지?

동일   걱정하지 말고 얼른 얘기해 봐요!!

복남   우리 삼선 씨는… (태민과 동일 엄청 긴장해서 집중한다) 비구니
        였어!

이때부터 조명, 음향 바뀌며 복남의 대사에 맞춰 재연장면 이루어
진다.

태민·동일   네?!!

태민   에이, 구라네~

복남   (태민의 말에 전혀 흔들리지 않고) 아기 때 절에 버려진 삼선 씨
        는 절에서 스님들의 손에서 자라 자연스럽게 동자승으로
        키워졌지. 그렇게 비구니로 자란 삼선씨는 어느 날 공양
        을 나갔다가 자신과 똑같이 닮은 여자를 보고 자신이 버
        려졌다는 것을 알게 된 거야. 충격에 휩싸인 삼선 씨는 승
        복을 벗고 절을 떠나 거친 삶을 살게 돼. 그러다가 주님을
        만나 수녀가 된 거야.

태민·동일   수녀??

복남   그래, 수녀! 주님만 따르기로 맹세한 안젤리카 수녀 앞에

삼선 씨를 키워준 주지스님이 나타나. 삼선 씨는 큰 갈등에 휩싸이게 된 거야. 스님이냐? 수녀님이냐? 스님? 수녀님?

복남의 말에 따라 이쪽저쪽으로 갈등장면을 재연하던 하삼선. 갑자기 버럭 소리를 지르면 조명, 음향 다 꺼지고 재연장면 중단된다.

삼선　그만!! 이제 정도껏 하십시오.

하삼선 퇴장하면 함께 재연하던 배우들 빠르게 따라서 퇴장한다.

태민　아저씨 진짜 뭐예요?? 전 먼저 갈게요. (퇴장)
복남　음음… 그러니까 괜히 쓸데없는 얘기하지 말고 들어가. 알았어? (퇴장)
동일　(나가는 두 사람에게 인사하고는) 역시 수상해….

〈부녀전쟁〉

조명이 들어오면 현아가 태민에게 고백하기 위해 다양한 표정과 포즈를 연습하고 있다. 예쁜 모습, 귀여운 모습, 섹시한 모습, 조신한 모습, 터프한 모습 등 자신의 매력을 최대한 보여주기 위해 열심이다.

현아　　흔아는… 태민이랑 데이트하고 시포용… 아니아니 이것
　　　　보다 이게 나은가? (머리를 한쪽으로 거칠게 쓸어 넘기며 끈적끈
　　　　적하게) 후~~ 나 오늘 니가 너무 고프다… 아아~~ 악!!!
　　　　아냐아냐… 이건 너무하다. 우리 태민이가 놀래서 도망갈
　　　　지도 몰라. 그럼… (갑자기 바닥에 절을 하며) 서방님, 소녀 서
　　　　방님과 함께 산책이라고 하고 싶사옵니다. 호호호호~~
　　　　서방님이래, 서방님… 우리 태민이가 나의 서방님이라니
　　　　~~ 생각만 해도 기분 좋다!!

한참 태민을 생각하며 혼자 기쁨에 빠져있는데 들어오다 이 모습
을 보고 충격에 빠진 복남. 현아를 위해 사가지고 온 BTS 굿즈와
선물이 든 쇼핑백을 바닥에 떨어뜨린다. 그 소리에 놀란 현아가
돌아본다.

현아　　(천연덕스럽게) 아빠 왔어?

복남　　넌 BTS 서방님들을 지켜야 할 아미가 아니었냐?

현아　　어? (바닥에 떨어진 굿즈들을 발견하고) 아빠 내가 갖고 싶다고
　　　　했던 거 사왔네. (복남을 와락 안으며) 고마워, 아빠! 역시 아
　　　　빠밖에 없어. (쇼핑백 안에 있는 것들을 뒤져보며) 이건 품절이
　　　　라고 했는데 어디서 구했데. 아빠능력. 인정, 인정!!

복남　　(현아의 표정을 살피며) 그래? 우리 딸 BTS가 그렇게 좋아?

현아   그럼, 방탄오빠들은 나의 우상이자, 내 삶의 활력소, 기쁨, 에너지, 뭐 어쨌든 너무 좋아!!!

복남   그렇구나? 그럼… (품속에서 봉투를 꺼내 건넨다) 자. 선물!

현아   이게 뭐야?

복남   우리 현아의 활력소, 에너지, 기쁨? 뭐 그런 걸 채워줄 선물?

현아   (봉투를 열어보고는) BTS콘서트 티켓….

너무 좋아서 소리를 지르며 방방 뛰고 복남을 안고 기쁨을 요란스럽게 표현하는 현아.

복남   (현아의 환호가 조금 가라앉고) 그러니까 이제 태민이는 만나지 마. 니 나이 때 친구가 얼마나 중요한데….

현아   뭐??

복남   아빠가 너 좋아하는 BTS 오빠들 콘서트도 자주 보여주고 굿즈도 다 사줄 테니까 태민이 걔는 만나지 말라고.

현아   자! (티켓을 다시 돌려주며) 아빠, 진짜 실망이다.

복남   뭐?

현아   태민이가 어떤 앤지 잘 알지도 못하잖아?

복남   왜 몰라? 딱 보면 알지.

현아   뭘 어떻게 아는데?

복남   멀쩡하게 생긴 놈이 온몸에는 문신투성이에 학교도 안 다니고,

현아	하~
복남	걔 처음 만났을 때, 돈도 훔치려고 했었어! 알아?
현아	안 훔쳤잖아.
복남	게다가 집도 없이 밖에서 먹고 자고 하는 놈인데 무슨 짓을 하는지 어떻게 알아?
현아	그게 태민이 잘못이야? 집에 들어갈 수 없는 사정이 있는 거잖아.
복남	이런저런 사정없는 사람이 어딨어? 지 맘에 안 든다고 집 나오는 건 어디서든 맘에 안 들면 튀어나오는 놈이라는 거야.
현아	아빠가 태민이랑 얘기라도 해봤어? 걔가 그런 앤지 아닌지 직접 말해보고 겪어보기라도 했냐고?
복남	꼭 겪어봐야 알아? 아빠 나이쯤 되면 딱 보기만 해도 어떤 앤지 다 알아.
현아	나도 남들 보기엔 별로 좋아 보이지 않거든.
복남	니가 어디가 어때서?
현아	결손가정에 날나리~ 그게 남들이 말하는 나야!
복남	너 지금 그게 아빠한테 할 소리야?
현아	왜 아빠도 태민이 겉모습만 보고 함부로 말하잖아. 다른 사람들도 나한테 그래. 나도 남들한테 그런 취급 받으면서 산다고!!
복남	(화를 간신히 참으며) 분명히 말했어. 그 양아치 새끼는 안 돼!!

현아	내 인생인데 왜 아빠 맘대로야!!
복남	넌 아직 미성년자야 알았어!!
현아	아빠도 어릴 때 사고 쳐서 나 낳았잖아?
복남	(현아의 뺨을 때리며) 너….
현아	(뺨을 만지며 복남을 바라보더니 울며 나가버린다) 아빠 진짜 싫어….
복남	현아야… 현아야….

〈인생의 이정표〉

용구 씨 우주다방의 테이블에 앉아 손수건 위에 휴대폰을 올려놓고 면봉으로 세심하게 닦고 있다. 열심히 닦아보지만 휴대폰은 다시 켜지지 않고 몹시 좌절하는 용구 씨에게 하삼선이 휴대폰을 하나 들고 다가온다.

삼선	(새 휴대폰을 건네며) 이거 받아요!
용구	네?
삼선	내가 새로운 폰을 하나 샀어요. 아직 이게 쓸 만해서 버리기엔 아깝더라고요.
용구	아… 네… 고맙습니다.
삼선	대체 전화기는 왜 화단에 묻어 둔 겁니까?
용구	제가 묻은 게 아니라니까요.

삼선	진짜 세탁소 칠성이가 물었다구요?
용구	네!
삼선	뼈다귀랑 같이?
용구	그놈에 개새끼가 먹을 거 만날 숨겨놓는 거 아시잖아요.
삼선	됐고. 걸어요.
용구	예?
삼선	전화기가 생겼으면, 전화를 걸어야지요.
용구	아… 그게….
삼선	내가 대신 걸어줘요?
용구	아닙니다. 전화를 걸려는 게 아니라, 기다리는 전화가 있어서.
삼선	그러니까 그 사람한테 내가 전화기를 잃어버려서 전화를 못 받았을 수도 있다. 이제 새 전화기를 준비해 뒀으니까 걱정 말고 다시 전화를 해라~ 이렇게 말을 해줘야죠. 안 그래요?
용구	그건 그런데….
삼선	그동안 전화를 했었는데 안 받아서 다시는 안 걸면 어쩌려고 그래요?
용구	(깜짝 놀라) 네? 정말 우리 윤희가 전화를 했을까요?
삼선	글쎄요… 그럴지도 모르죠… 만약에 했다면 많이 기다리겠군요.
용구	아! 그렇겠군요?
삼선	서로 기다리기만 하면 통화는 어떻게 하죠? 누군가는 전

화를 해야 받을 수가 있죠.

용구 그렇군요. 그럼….

용구는 뭔가 결심을 한 듯 전화기를 들어 전화를 걸려고 하다가 다시 내려놓고 자신의 모습을 살핀다. 뭔가 마음에 들지 않는 모양이다.

용구 아무래도 안 되겠어요. 저 잠시 준비 좀 해야겠어요.

삼선 그래요.

용구 (나가며) 고맙습니다.

복남 (들어오며) 형님, 한 잔 하실래요?

용구 나 바빠! (나가버린다)

긴장한 표정으로 용구 씨 나가고 그런 용구를 보며 침울한 표정으로 들어오는 복남.

복남 노숙자가 뭐가 바쁘다고… 밖에 박스 주울 것도 별로 없던데… (처량하게 하삼선을 보며) 삼선 씨, 술 한 잔 하실래요?

삼선 싫습니다.

복남 제가 사드릴게요.

삼선 술은 기분 좋은 날 사도록 해요.

복남 (다방 안을 두리번거리며) 그놈은 어디 갔어요?

삼선 그놈이라면 혹시 우리 우주다방의 아르바이트생 김태민 군을 말하는 겁니까?

복남   아시면서….

삼선   김태민 군의 고용주로서 함부로 내 아르바이트생을 놈이라고 칭하는 것은 듣기 좋지가 않군요.

복남   죄송해요… 그래도, 그 양아치 새끼….

삼선   (확 째려보며)

복남   아니 그래요, 그 김태민 군이 처음에 돈도 훔치려고 했고 학교도 안 다니고 집에도 안 들어가고 하고 다니는 것도 불량스러운 게….

삼선   (말을 자르며) 성실한 청소년입니다. 약속도 잘 지키고요.

복남   치, 언제 봤다고

삼선   난 본 대로만 얘기하는 거예요. 우리 우주다방에서 일하기로 한 날부터 하루도 지각, 결근한 일 없이 성실하게 일했어요. 뭐가 더 필요합니까?

복남   그래도 학생이 공부를 해야지

삼선   그렇죠. 학생은 공부를 해야죠. 그런데, 공부를 안 한다고 나쁜 사람은 아니죠. 내가 알기로 복남 씨도 학창시절 공부는 안 했지만 그 누구보다 좋은 아버지가 된 거 아닙니까.

복남   (기어들어가는 목소리로) 아니에요….

삼선   뭐라고요?

복남   아니라고요! 좋은 아빠가 아니라고요!! 전 매일매일 우리 현아한테 뭘 어떻게 해야 할지 모르겠어요. 현아가 말썽을 피우면 그게 다 나 때문인 것 같아서. 사고 쳐서 태어난 애라고 손가락질 받을까봐 무서워요… 저 19살에 우리 현아아빠가 됐지만 한순간도 후회한 적은 없었어요. 자신이 없었을 뿐이죠. 현아 태어나고 애처럼 보일까봐 일부러 옷차림도 더 아저씨처럼 입고 다녔어요. 근데… 글쎄우리 현아가 저한테 뭐라 그랬는지 알아요? 아빠도 사고쳐서 절 낳았으면서 무슨 자격으로 잔소리 하냐고!! (점점 더 감정이 격앙되어 아이처럼 눈물을 쏟아내는 복남) 이게 다 그 양아치 녀석 때문이에요. 우리 현아가 얼마나 착한 앤데….

삼선 (아무 말 없이 복남의 등을 두드려주고는 차를 한잔 주며) 자, 이거마셔요.

복남 저… 너무 무서워요… 현아가 저처럼 힘든 인생을 살게될까 봐.

삼선 정말 정복남 씨 인생은 힘들기만 했나요?

복남 네. 힘들고 외롭고, 모든 걸 혼자서 결정한다는 게 너무 무서워요.

삼선 그럼 현아도 많이 힘들고 외로웠겠군요?

복남 네? 우리… 현아가요?

삼선 복남 씨가 힘들고 외롭다면 함께 사는 가족도 마찬가지였겠죠.

복남 그건… 아니 생각해보면… 즐겁고 행복했던 시간도 있었던 것 같아요.

삼선 그래요?

복남 네. 맞아요!

삼선 그것 참 다행이네요.

복남 우리 현아가 얼마나 예쁘고 붙임성도 좋은지 아시잖아요. 덕분에 혼자 두고 일하러 나갈 때도 맘고생 한번 안 시켰어요. 퇴근하고 돌아올 때면 정신없이 놀다가도 '아빠!' 하고 달려와서 제 뺨에다 침을 묻혀가며 뽀뽀를 하는 거예요. 그럼 말이죠. 막 눈물이 날 것 같아요. 너무 행복해서….

삼선 그렇군요. 현아도, 복남 씨도 참 행복한 가족이군요.

복남 그런가요?

삼선 그리고 서로 많이 사랑하는 아빠와 딸이네요.

복남 그렇죠?….

삼선 그러네요.

복남 … 저도 태민이가 좋은 아이라는 건 알고 있어요.

삼선 가끔은 말이죠. 현아가 너무 철이 들어서 애늙은이 같다 생각했는데 이렇게 아빠 속을 썩이는 걸 보니 맘이 좀 놓이는군요.

복남 네?

삼선 보통 애들답게 잘 자랐습니다.

복남 그게 무슨?

삼선 좋은 아빠노릇 잘 했다고 칭찬하는 겁니다. 수고했어요! 그런 의미에서 내가 한잔 살게요. 갑시다. (일어나 나가며)

복남 어디 가세요?

삼선   뭐합니까? 빨리 따라 오십시오!

삼선이 퇴장하면 복남도 허겁지겁 따라 나가며 암전.

〈비밀의 방〉

다 나가고 아무도 없는 우주다방으로 태민이 하삼선의 심부름을
다녀오는 듯 작은 상자를 들고 들어온다.

태민   다녀왔습니다! (다방 구석구석을 훑어보고는) 저 왔어요. 뭐야?
심부름 시켜놓고 어디 간 거야? 귀한 거라고 직접 가서 받
아오라더니 치~ 나를 너무 믿는 거 아니야⋯. (갑자기 카톡
음이 들리자 태민 전화기를 꺼내 확인한다)

삼선E   김태민 군, 어려운 부탁을 해놓고 자리 비워 미안합니다.
오늘은 급히 술이 땡겨 나왔어요. 귀한 물건은 일단 방에
두도록 해요. 아~ 그리고 태민 군도 시간이 되면 '마늘품
은 곱창집'으로 한잔하러 와요. 콜라 한잔 살게요.

태민   콜라는 무슨⋯ 아~ 시원한 맥주나 한잔 하면 좋겠다! (다방
한쪽에 있는 하삼선의 방으로 가며) 근데 방에 아무도 안 들이
는 것 같더니 왜 방에다 두라는 거야. 아~~ 사장님 날 너
무 믿네. 부담스럽게⋯ (기분이 좋은 듯) 카~~ 또 내가 맘 먹
었다하면 믿음직하고 성실하고 완전 끝내주지! 우리 사장

님이 사람 보는 눈이 있다니까….

하삼선의 방에 상자를 두기 위해 방문을 열고 안에 들어가자 의외의 방 모습에 깜짝 놀란다. 방 전면에 커다랗게 도면이 붙어있고 '지구인을 구하는 방법'이라고 제목이 크게 써있다. 도면에는 마을 사람들의 관계도와 정신없는 연관관계 등이 그려져 있고 돈다발도 항목별로 놓여있다.

태민 (당황하고 놀라서) 뭐야?? 왜 돈을 이렇게 쌓아놨어?? (돈을 몇 뭉치 집으려다가) 프로젝트 비용? 이게 뭐야? 대체 여기서 뭘 하는 거지? (방을 좀 더 자세히 둘러본다) 이 할머니 뭐하는 사람이야? 동네사람들 사진이 다 붙어 있잖아? (자기 사진을 보며) 어 이건 난데? 김태민 17세. 남. 긍정에너지 32.6 부정에너지 34.7 가변에너지 32.7 뭐야?
인물상관관계도? 지구멸망에 미치는 영향… 이게 뭔 소리야? 아~~ 이거 완전 또라이 아니야. 안 되겠다. 이건 증거 사진을 좀 남겨야지. (휴대폰을 꺼내 사진을 찍기 시작한다) 어? 이 사람은 누구지? 우리 동네 사람은 아닌데… 신문기사 같기도 하고… 이 약들은 다 뭐야? 무슨 약이 이렇게 많아? 아~ 진짜 나 개또라이한테 걸린 거 아니야.

태민이 휴대폰으로 하삼선 방의 이상한 모습을 카메라에 담고 있는데 갑자기 카톡이 울린다.

조용한 가운데 울리는 카톡에 깜짝 놀라는 태민. 진정하고 카톡을 확인하자 하삼선에게 온 카톡이다.

태민   으~~아악!! 간 떨어지는 줄 알았네….

삼선E   태민 군, 혹시 물건을 방에 두라는 걸 내 방으로 이해한 건 아니겠죠? 태민 군 방에 둬요. 올 수 있으면 연락 줘요. 콜라 시켜놓을게요.

태민   뭐야? 여기 CCTV 있나? 에이씨~~ 좆됐다!!

태민이 부리나케 하삼선의 방에서 나오는데 때마침 우주다방에 들어온 수진과 정면으로 마주친다. 당황스런 표정으로 인사하고 다방을 나가고 수진은 그런 태민을 잡으려다가 그저 바라본다.

태민   (머뭇거리다) 누나… 안녕하세요? 그럼 이만. (나가버린다)

수진   태민아….

제2막

〈사진 속 남자〉

암전 중 뭔가 부산스럽게 준비하는 소리가 들리고 조명이 켜지면 우주다방에서 커다란 트렁크를 챙기고 휴대폰에 뭔가를 열심히 메모하는 하삼선이 보인다. 그 한쪽 옆에는 태민과 동일이 그 모습을 몰래몰래 훔쳐보고 있다. 뭔가 메모를 끝낸 하삼선은 다방을 나가 동네(극장)를 한 바퀴 돌며 뭔가를 확인하기 시작한다.

삼선   태민 군, 다방을 좀 부탁해요!

태민   (최대한 자연스럽게) 네!

하삼선이 다방을 나서자마자 태민과 동일 후다닥 하삼선이 나간 방향을 내다본다.

동일   대체 뭐 하러 다니시는 거냐?

태민   글쎄요?

동일   저 가방 안에 뭐가 들었을까….

태민   (갑자기 생각난 듯 휴대폰을 꺼내) 아저씨! 혹시 이 사람 알아요?

동일   (사진을 보며) 이게 누군데?

태민   모르니까 물어보죠.

동일　나도 모른다.

태민　분명히 사장님하고 관계가 있는 사람인데.

동일　다시 좀 보자.

태민　다시 보면 모르는 사람이 아는 사람이 되요?

동일　내가 누구냐? 이런 거 찾아내는 건 일도 아니야.

태민　진짜요?

동일　(휴대폰을 뚫어지게 보며) 무슨 신문기사 같은데?

태민　됐어요. 괜히 시간 죽이지 마시고 아저씨 글이나 쓰세요.

동일　이 녀석이 날 뭐로 보고 내가 이 사람 누군지 꼭 찾아내서
　　　　알려줄게. 그 사진 나한테 보내봐!

태민　그러시던지.

다방의 조명이 어두워지며 동네를 돌아다니던 하삼선이 마침 집
으로 돌아오던 수진과 마주친다. 삼선 수진을 불러 세운다.

수진　(말없이 인사만 하고 들어간다)

삼선　(그런 수진을 불러 세운다) 이수진 씨.

수진　(말없이 멈춰서 삼선을 바라본다)

삼선　우리 잠깐 얘기 좀 할까요?

수진　네.

삼선　수진 씨한테 부탁이 있어요.

수진　뭐죠?

삼선　(트렁크에서 상자 하나를 꺼낸다) 여기 150장의 엽서가 들어있

어요. 일주일에 한 장씩만 사람들에게 엽서를 보내줘요.

수진   제가 왜 그래야 하죠?

삼선   그건, 내가 수진 씨의 부탁을 들어줬으니까요.

수진   언제?

삼선   나를 잘 안다면서요? 그래서 내가 기억에도 없는 당신을 내 집에 살게 해줬잖아요. 그럼 수진 씨도 내 부탁 하나 정도는 들어줘야지요.

수진   전 그렇게 많이 엽서를 보낼 사람이 없다고요.

삼선   일단 한번 해봐요. 나한테도 보내고, 우리 집에 같이 사는 태민 군, 동일 군한테도 보내고 동네 사람들한테도 한 장씩 보내고 그러다보면 인사할 사람들도 늘어나지 않겠어요?

수진   전 그런 사람들 필요 없어요.

삼선   그럼 여기, 아니 날 왜 찾아 왔어요?

수진   그건 어머님… 아니 사장님이… 아니 됐어요!!

삼선   뭐 어쨌든! 난 계산이 정확한 사람이라서 Give에 따르는 Take를 반드시 해주길 바래요.

수진   하~ 알겠어요.

삼선   설마… 매주 엽서의 발송상태를 확인해야 하는 건 아니겠죠?

수진   (상자를 챙겨 벌떡 일어나며) 걱정 마세요. 약속은 꼭 지키니까. (퇴장한다)

삼선   (나가는 수진을 보며 혼잣말로) 알아요, 약속을 잘 지킨다는 거… (휴대폰을 꺼내 메모하며) 프로젝트S는 됐고….

하삼선 혼자 휴대폰으로 정리하고 있을 때 용구가 평소와 달리 조금 깔끔해진 모습으로 삼선을 발견하고 반갑게 다가온다.

용구   여사님~~!!

삼선   (용구를 힐끗 보고는) 좋아 보입니다.

용구   하하~~ (하삼선의 트렁크를 보고는) 어디 여행이라도 가세요? 제가 들어다 드릴게요.

용구가 하삼선의 트렁크를 대신 들려고 하자 단칼에 거절하는 삼선.

삼선   됐습니다. 이 정도는 스스로 들 수 있어요.

용구   (머쓱해서) 하하~~ 당연히 그러시죠.

삼선   뭐 할 말이 있습니까?

용구   네? 아니요? 뭐… 그러니까 고맙습니다.

삼선   (말없이 용구를 바라본다)

용구   저 제 아내하고 통화를 했습니다.

삼선   잘 하셨네요.

용구   우리 윤희가 제 전화를 기다리고 있었나 봐요. 아들과 함께 제가 돌아오기를 기다린다고.

삼선   축하합니다. 집으로 돌아가는군요.

용구   아니요. 아직은… 조금만 더 기다려달라고 했어요. 사업한다고 있는 돈 없는 돈 다 끌어다 썼는데 그땐 도저히 방법이 없어서 그냥 도망쳤어요. 누군가 날 벼랑 끝에 몰아놓고 뒤로 몰아가는 기분이었거든요. 정말 숨을 쉴 수가 없고 곧 죽을 것만 같아서 가족까지 다 버려두고 나왔어요. 이런 날 끝까지 믿고 기다리는 내 가족 앞에 지금 모습으로 돌아갈 수는 없어요.

삼선 음… 모든 일에는 타이밍이 중요하죠.

용구 네. 하지만….

삼선 그건 그렇고 내가 준 휴대폰 덕분에 아내분과 통화를 했다는 거네요.

용구 네!

삼선 그럼 그 대가는 지불해야죠?

용구 네? 무슨….

삼선 (트렁크에서 큰 돼지저금통을 하나 꺼내 용구에게 건넨다) 난 계산이 정확한 사람이라서.

용구 얼만데요?

삼선 앞으로 삼 개월간 하루에 만원씩 이 저금통 안에 넣으세요. 반드시 직접 일을 해서 번 돈으로!

용구 삼 개월이나요?

삼선 그 정도의 가치는 충분히 했다고 생각되는군요.

용구 (결심한 듯) 네, 여사님!

하삼선, 가벼운 발걸음으로 트렁크를 끌고 퇴장하고 용구는 저금통을 꼭 껴안고 멀어져가는 하삼선을 바라본다. 다시 우주다방 쪽 조명 들어오면 심각한 표정이 되어있는 태민이 보인다.

〈말기암이라고?〉

태민 (혼자서 머리를 쥐어뜯으며 고민이 많은 듯) 다시 들어가서 확인 해볼 수도 없고 미치겠네! 아~ 내가 왜 사장님 방에 왜 들 어가서는… 진짜 그 많은 약들이 다 암 환자들이 먹는 약 이야? (다시 자신의 휴대폰을 열심히 검색하며) 이 하늘색 캡슐 은… 말기 암 환자를 위한 마약성 진통제, 길쭉하고 하얀 색은 우울증, 외상 후 스트레스 장애? 대체 암이야? 정신 병이야? 혹시 둘 다야? 아~씨 가족이라도 찾아서 얘기해 줘야 되는 거 아니야? 진짜 돌아버리겠네!!

때마침 퇴근하던 복남이 혼자 있는 태민을 보고 잠시 머뭇거리다 가 들어온다.

태민 어서 오세요! (복남을 발견하고) 안녕하세요.
복남 어, 그래. (안쪽을 살피며) 사장님은 안 계시냐?
태민 나가셨는데요.

두 사람 모두 왠지 어색함이 감도는 침묵이 잠시 흐른다.

복남·태민 (동시에) 저기….

태민 말씀하세요.

복남 아니야. 니가 먼저 해.

태민 아니에요. 먼저 하세요.

복남 어허, 니가 먼저 하래두.

태민 네 그럼. (갑자기 살갑게 다가오며) 저희 사장님이랑 친하시죠?

복남 어? 어… 뭐 그렇지.

태민 혹시 평소에 사장님이 어디가 아파 보인다던지….

복남 왜? 우리 삼선 씨 어디 아프냐?

태민 아니요, 아니요. 그런 건 아니고요.

복남 아 이 자식이 깜짝 놀랐잖아. 그런데 왜 그런 소릴 해?

태민 그냥 제가 늘 옆에 있으니까 혹시나 불편한 데가 있으면 좀 챙겨드리려고요.

복남 (미심쩍은 눈으로 쳐다보며) 진짜야?

태민 그럼요! 우리 사장님 연세도 있으신데 가족도 없으시고, 신경 쓰이잖아요.

복남 가족이 왜 없어? 나도 있고, 용구형님도 있고, 그리고 이제 너도 있는데.

태민 아… 예. 그렇죠.

복남 아는 사람 하나 없이 현아랑 둘이 이 동네 왔을 때 우리 삼선 씨 없었으면 혼자 현아 키우면서 절대 못 살았을 거야.

복남 회상에 잠기면 한쪽 탑에 하삼선이 등장해 과거 장면을 연기한다.

삼선 정현아 양이 초등학교를 졸업하는 날까지 방과 후에는 우리 우주다방에 와 있도록 해요. 단, 현아양은 매일 나한테 내가 원하는 책을 세 페이지씩 읽어줘야 합니다. 실감나게! 그리고 정복남 씨는 우리 우주다방의 문을 열고 닫는 일을 책임져 줘요. 이 정도면 계산은 깔끔하겠죠. 난 계산이 정확한 사람이니까~

복남 또 가끔 현아 학교의 학부모총회나 발표회가 있는 날이면.

삼선 특별한 행사에 게스트로 초대해줘서 고마워요. 그에 대한 답례로 식사를 대접하도록 하죠. 이 정도면 계산은 깔끔하겠죠? 난 계산이 정확한 사람이니까~

복남 그렇게 우리 현아의 학교행사에 단 한 번도 빠짐없이 함께 해 주셨지. 가족으로 말이야.

태민 … 부럽네요.

복남 그러니까 삼선 씨는 나한테, 우리 현아한테 가족이야. 어머니라고 하면 하도 질색을 해서 삼선 씨라고 하지만 나한테는 어머니나 마찬가지야. 그러니까 우리 삼선 씨한테 무슨 일 있으면 나한테 제일 먼저 얘기해야 된다. 알았냐?

태민 네! 그래도 사장님의 진짜 가족은 아니… 그러니까 자식이나 형제나 피가 섞인 사람은 아무도 없는 거예요?

복남 글쎄… 내가 알기론? 뭐 꼭 피가 섞여야 가족인가? 난 기

억도 안 나는 내 부모보다는 이 동네사람들이 더 가족 같
은데? 근데 너! (갑자기 태민을 노려보며)

태민 네?

복남 갑자기 왜 그런 걸 꼬치꼬치 물어보는 거야?

태민 아니 갑자기가 아니라… 혹시라도 사장님한테 무슨 일이
라도 생기면….

복남 뭐?? 일이라니?? 무슨 일??

태민 아니요! 일이 생겼다는 게 아니고요. 그러니까 우리 사장
님 연세도 있으신데 갑자기 어디가 아프시거나 무슨 힘든
일이….

복남 (버럭 화를 내며) 아 이 자식이 재수 없게 자꾸 아프다는 소
리 하고 그래!! 우리 삼선 씨가 얼마나 건강한데~ 그리고
백세시대에 연세는 무슨 연세!!

태민 알아요, 아는데 사람일은 모르는 거잖아요.

복남 (흥분해서 씩씩대며) 너 앞으로 쓸데없는 소리하면 내 손에
죽을 줄 알아. 우리 현아 때문에 가뜩이나 맘에 안 드는
놈, 예쁘게 좀 봐주려고 했더니 에이씨!!

태민 그게 화내실 일은 아니잖아요?

복남 니가 지금 멀쩡한 우리 삼선 씨를 아프다고 하는데 화가
나지 안 나냐?

하삼선이 아플 수도 있다는 사실에 괜히 화가 난 복남이 태민에게
화를 내고 있는데 때마침 하삼선이 트렁크를 끌고 지친 모습으로

들어온다. 태민은 혹시 삼선이 두 사람의 대화를 들었을까 당황해 후다닥 하삼선에게 다가간다.

〈철권사부〉

삼선 다녀왔어요!

태민 (벌떡 일어나 하삼선의 곁으로 쪼르륵 다가가며) 이제 오세요?

복남 삼선 씨~ 혹시 어디 아파?

태민 (후다닥 복남의 입을 막으며) 아저씨…~!!

복남 (거칠게 저항하며) 이자… 음… 식… 으므….

태민 (삼선을 보고 웃으며 복남에게 계속 눈짓으로 그만하라는 신호를 보내며) 역시 아저씨랑은 말이 잘 통할 줄 알았어요!! 남자끼리 척하면 척하는 그런 거 있잖아요. 그죠??

복남 (강하게 뿌리치며) 알았어, 알았다구!!

삼선 (두 사람을 쳐다보더니) 두 사람 좋아 보입니다.

태민 (복남에게 어깨동무하며) 그죠? 아저씨가 제 고민상담도 해 주시고….

복남 (뿌리치며 억지웃음을 짓는다)

삼선 태민 군은 오늘도 수고했어요. 이만 들어가도록 해요.

태민 제가! 뒷정리까지 하고 들어가겠습니다.

삼선 왜요?

태민 아… 그게… 오늘은 왠지 뒷정리가 땡기는 날이라서?

삼선   닥쳐요. 우리 우주다방은 시간외 근무는 허용하지 않습니다.

태민   하하하 그렇죠? 그럼….

태민이 바로 나가지 못하고 하삼선의 행동을 계속 살피며 안절부절한다. 하삼선이 물을 마시려고 하면 잽싸게 물을 따라서 손에 쥐어주고 앉으려고 하면 의자를 엉덩이 아래 갖다 준다. 지나친 태민의 보살핌에 하삼선은 태민을 뚫어지게 바라본다.

삼선   왜 이래요?

태민   뭐가요?

삼선   나한테 뭐 할 말이라도?

태민   아니요!

삼선   그럼, 뭐 잘못한 거 있어요?

태민   (고개를 크게 저으며) 아~뇨!!

삼선   그럼 이만 퇴근하세요!

태민   네. (나가려다 다시 돌아와서 복남에게) 아저씨는 안 가세요?

삼선   정복남 씨는 나 좀 봅시다.

태민   (인사하며) 들어가겠습니다. 혹시… 언제든 필요하면 불러주세요. (꾸벅 인사하고 우주다방을 나간다)

삼선   (복남에게) 쟤 왜 저래요?

복남   알바를 열심히 해서 서비스정신이 투철해졌나보지.

삼선   볼수록 괜찮은 청소년이죠?

복남	괜찮기는… 쓸데없는 말이나 하고. (하삼선의 안색을 살피며) 요즘 많이 바빠? 피곤해 보이는데….
삼선	괜찮습니다.
복남	(트렁크를 보며) 이건 뭐야?
삼선	알 거 없습니다.
복남	됐다, 됐어!! 안 궁금해.
삼선	부탁이 있습니다.
복남	웬일?
삼선	(트렁크에서 상자를 하나 꺼내 복남에게 건넨다)
복남	(상자의 뚜껑을 열어보며) 500원짜리 동전이네. 와~ 이게 다 몇 개야?
삼선	철권을 잘 한다고요?
복남	철권? 게임 철권 말야?
삼선	네. 오락실에서 하는 그 게임 말입니다.
복남	그럼~ 어디 철권뿐이야. 게임하면 나 따라올 사람 없지. 아 옛날에 오락실에 갖다버린 돈만 모아도 우리 집 평수가 달라졌을 텐데.
삼선	일주일에 한 번씩 김태민 군과 철권을 해주세요.
복남	뭐??
삼선	아니, 철권을 가르쳐주라는 게 맞는 표현이겠군요.
복남	내가 왜? 다른 사람도 아니고 그 자식이랑.
삼선	내가 철권을 가르칠 수 없으니 대신 가르쳐달라는 겁니다.
복남	그 자식이 삼선 씨한테 철권 가르쳐 달래?

삼선	내가 태민 군한테 노래를 배우고 있어요. 나도 뭔가를 가르쳐줘야할 것 같은데… 태민 군이 의외로 못하는 게 없더라고요. 그런데 얼마 전에 같이 코인노래방을 갔다가 기다리면서 철권게임을 했는데 앞에 앉은 초딩한테 한번을 못 이기는 거예요. 아! 이거구나. 드디어 태민 군한테 가르쳐줘야할 것을 찾은 거죠.
복남	그게 철권이야?
삼선	잘 부탁해요.
복남	싫어~
삼선	정복남 씨에게 젓가락질을 가르친 게 누구였습니까?
복남	네?
삼선	애 아빠라는 사람이 젓가락질이 제대로 되지 않아서 뭐든 숟가락으로 벅벅 긁어먹던 걸 사람답게 만들어 준 게 누구였습니까? 매주 특훈을 해가며 쌀알 한 톨까지 집을 수 있도록 가르친 게 누구였냐고요??
복남	알았어요.
삼선	난 계산이 정확한 사람입니다.
복남	알았다고요.
삼선	기왕 가르치는 거 두 사람 다 즐거운 시간 되길 바랄게요.

〈추리대왕〉

동일이 우주다방 맞은편 편의점 테이블에 노트북을 놓고 뭔가를 열심히 쓰고 있다. 표정이 사뭇 진지하다.

동일 분명히 이 동네에 무슨 일이 벌어지고 있는데… 우주다방 사장인 하삼선! 요즘 들어 부쩍 더 수상하단 말야. 대체 그 큰 가방엔 뭐가 들었기에 온종일 끌고 다니면서 사람들을 만나는 거지? 나는 왜 안 만나러 오는 거야? 혹시 그 가방 안에… 가방 안에… 뭐가 들었을까? 게다가 하삼선을 만나고 나면 뭔지 몰라도 사람들 분위기가 조금씩 달라진다 말이야….

그때 하삼선이 또 트렁크를 끌고 동네(극장) 구석구석을 돌며 무슨 표식을 남긴다. 그 뒤로 태민이 어설프게 따라오는 모습 보인다. 하삼선이 눈치 채지 못하게 도우면서 하삼선이 힘들어하거나 무거운 것을 옮길 때마다 안타까워서 어쩔 줄 몰라 한다.

동일 벌써 저 표식이 붙은 집이 동네에 반이 넘었는데 사람들은 전혀 눈치를 못 채고 있어. 그리고 저 녀석 김태민! 대체 미행을 하는 거야? 돕는 거야? 어설퍼, 아주 어설퍼~ 생긴 거랑 다르게 하는 짓은 완전 허당이야. (대사에 맞춰 태민 다 보이게 숨거나, 쿠당탕 소리를 내며 넘어지는 모습) 혹시 저

게 완벽한 연기라면… 오호~~ 역시 나의 추리능력은 대단해!! 하삼선, 김태민 당신들의 정체를 꼭 밝혀내고 말겠어!!

동일이 비장한 표정으로 노트북을 챙겨들고 방으로 올라가면 극장을 돌던 하삼선이 무대 위로 올라가 구석구석을 살핀다. 그 뒤를 조심스레 따르던 태민이 갑자기 돌아서는 하삼선과 정면으로 마주친다.

〈커밍 아웃〉

태민　　(갑자기 하삼선과 정면으로 마주쳐 깜짝 놀라) 으악~~

삼선　　(태민을 뚫어지게 바라본다)

태민　　안녕하세요!

삼선　　수고가 많아요.

태민　　네? 아뇨~ 네….

삼선　　김태민 군!

태민　　네!

삼선　　(다방 앞 의자에 앉으며) 나한테 할 얘기가 좀 있을 것 같은데.

태민　　없는데요….

삼선　　(태민을 똑바로 쳐다보며) 그래요?

태민　　….

삼선　(일어나 들어가며) 그렇다면 난 이만 들어갈게요!

태민　(다급하게) 죄송해요.

삼선　(다시 돌아와서 앉으며) 우리 둘 다 종일 돌아다녔는데 앉아서 얘기 할까요?

태민　(조심스레 옆에 앉는다)

삼선　(주머니에서 초콜릿을 하나 꺼내 건넨다) 내가 아주 아끼는 거예요. 한번 먹어봐요. 특별히 주는 거니까.

태민　전에 심부름 다녀온 날. 사장님 방에 들어갔었어요. (무릎을 꿇으며) 죄송해요. 방에 두라고 하신 게 제 방이 아니라 사장님 방인 줄 알고, 진짜 진짜 실수였어요.

삼선　다 봤군요?

태민　죄송해요. 근데 약이 하도 많고 하니까 너무 걱정이 돼서….

삼선　괜찮으니까 일어나 앉아요. 어서!

태민　네!

삼선　(태민이 손에 꼭 쥐고 있는 초콜릿을 보며) 그거 안 먹으면 나 다시 줄래요?

태민　아. 여기

삼선　(초콜릿을 맛있게 까먹으며) 그 약들을 봤군요. 음~ 맛있다. 태민 군, 걱정하지 않아도 되요. 사실 난… 지구인이 아니에요.

태민　(당황해서) 네?!

삼선　지금까지 그 누구한테도 말하지 않은 사실을 태민 군한테

밝히게 되는군요.

태민   그게 무슨 말도 안 되는….

삼선   믿기지 않겠지만 사실이에요. 난 지구 멸망을 막기 위해 이곳에 온 외계행성인입니다. 인간들한테서 나오는 부정 에너지가 높아지는 걸 막기 위해 난 이곳 지구에 왔어요. 인간의 몸으로 살다보니 적응하는데 이런저런 어려움이 있어서 약도 먹는 거구요.

태민   진짜… 요?

삼선   믿든 안 믿든 상관없습니다.

태민   지금 제가 잘못했다고 놀리시는 거… 아니죠?

삼선   뭐 그게 편하면 그렇게 생각하시던지.

태민   (혼란스러운 듯 잠시 생각에 잠기다가) 저 질문이 있는데요?

삼선   한 가지만 받겠습니다.

태민   방에 사진들 중에 다 동네 사람들인데 한 사람만 모르겠 더라고요. 옛날 신문기사 같기도 하고….

삼선   구석구석 다 뒤져보셨군요.

태민   아~ 그런 게 아니라… 죄송해요.

삼선   꼭 만나야 할 사람이죠.

태민   누군데요?

삼선   그것까지 말해야 하나요?

태민   그건 아니지만, 기사에까지 났으면 유명한 분인 것 같아서.

삼선   여기까지! (의자에서 일어나 태민을 바라보며) 김태민 군, 오늘 지구멸망을 막기 위해 인간들의 긍정에너지를 높이는 일

을 도와줘서 정말 고맙습니다. (가방을 끌고 우주다방 안으로 들어간다)

〈긍정에너지〉

긍정에너지가 넘치는 동네의 아침 풍경이 펼쳐진다. 우주다방의 문이 활짝 열려 있는 가운데 태민이가 가게 앞 골목을 청소를 하고 있고 용구 씨는 일찍 일용직을 하기 위해 나선다.

태민　　(용구를 보고) 아저씨 안녕하세요!

용구　　그래~ 잘 잤냐?

태민　　오늘도 일 나가세요?

용구　　그럼. 열심히 돈 벌어야지.

태민　　커피 한 잔 만들어 드릴까요?

용구　　됐다. 내가 돈 벌어서 사 먹을 거다.

태민　　그럼 저도 사 주세요.

복남　　(현아와 함께 나오며) 형님은 나부터 사 줘야 돼.

현아　　빨리 돈 벌어서 집에나 가세요.

태민　　(휴대폰을 꺼내 사진을 용구에게 보여주며) 아저씨 혹시 이 사람 알아요?

용구　　이게 누군데?

태민　　아니, 꼭 찾아야 되는 사람인데 아저씨는 혹시 아실까 해서요.

용구　모르겠다. 아이고, 늦겠다! 나 간다. (퇴장)

복남　어디 봐.

태민　(사진을 복남에게 보여준다) 여기요. 아시겠어요?

복남　신문기사에 난 거네. 모르겠다. 누군데?

태민　아니에요. (휴대폰을 넣으며) 아저씨, 오늘 철권 OK?

복남　콜!

태민　그럼 이따 일 끝나고 톡 해요.

현아　뭐야? 둘이 왜 만나?

복남　일이야, 일.

태민　공부야, 공부.

현아　치! 태민아~ 나 토마토 주스!

태민　선불.

복남　넌 제자가 감히 스승님의 딸한테 주스 한잔을 못 주냐?

태민　이건 사장님 가게지, 제 가게가 아니잖아요. 그리고 공사 구분은 해야죠.

복남　그치. (현아에게) 돈 내.

현아　아빠!

복남　뭘~ 맞는 말인데.

현아　에이씨~ 나 갈래. (퇴장)

복남　우리 딸 같이 가. (태민에게) 이따 보자! (퇴장)

동일　(위층에서 슬그머니 내려오며) 뭐지? 이 화기애애한 분위기? 이 상해! 몹시 이상해! (한껏 심각한 분위기를 잡는데 때마침 수진이 들어오자 표정이 확 바뀌며) 어! 안녕하십니까! 수진 씨.

수진　　안녕하세요! 저… (어색하게 다가가) 이거…. (엽서를 건넨다)

동일　　저한테 주시는 겁니까?

수진　　(다시 뺏으며) 싫으면 관두시든지.

동일　　(다시 뺏으며) 아니요, 아닙니다. 절대 그럴 리가 너무 좋습니다. 완전 좋습니다. 고맙습니다.

동일이 감격스레 엽서를 가슴에 품었다가 읽고 있고 수진이 태민 쪽으로 걸어간다.

태민　　누나, 커피 드려요?

수진　　응.

태민　　참, 누나 혹시 이 사람 알아요? (사진을 보여준다)

수진　　(사진을 본 수진 갑자기 사진을 뺏어들고 날카롭게 반응한다) 이거 뭐야? 니가 왜 이 사진을 갖고 있어? 니가 뭔데!! 니가 왜…?

태민　　(수진의 격렬한 반응에 너무 당황해 횡설수설하며) 아니 그게 우리 사장님이 꼭 만나야 될 사람이라고 해서… 아는 사람이에요? 저기 누나 사실 사장님이 어쩌면 말기 암일 수도 있어서. 그래서 뭐든 해드리고 싶어서… 내가 잘못한 거예요?

수진, 태민의 말을 듣고 충격에 휩싸여 그대로 뛰어나간다.

당황하고 놀라서 그 자리에 얼어있는 태민에게 이 광경을 모두 목

격한 동일이 궁금증을 가득 담은 표정으로 다가온다.

동일　이게 다 무슨 소리냐?

태민　(말없이 테이블 의자에 주저앉는다)

동일　지금 내가 제대로 들은 게 사실이야? 진짜 사장님이 말기 암이야? 그럼 곧 죽을 수도 있다는 거네?

태민　(자기 머리를 쥐어뜯으며) 아이씨….

동일　너 방금 수진 씨한테 보여준 사진이 그때 그거지? (자기 폰을 내밀며) 이거~

태민　(자꾸 꼬치꼬치 묻는 동일이 짜증나는 듯) 아 그만 좀 해요.

동일　그럼 이 사람 누군지 말 안 해줘도 되는 거지?

태민　누군데요? 누군지 알았어요?

동일　내가 알아낸다고 했잖아~ 내가 누구냐!

태민　(화를 내며) 아 근데 왜 말을 안 했어요.

동일　자, 그럼 다 얘기해봐!

태민　뭘요?

동일　우주다방 사장님한테 무슨 일이 있는 건지….

태민　(몹시 망설이며) … 아저씨는 추리소설을 쓰니까 소재를 찾다보면 별의별 일들을 다 보셨겠네요?

동일　그럼~ 세상에는 말이다. 니가 상상하지도 못할 별 해괴망측한 사건부터 비과학적인 일까지 정말 요지경세상이 따로 없단다. 우리가 영화나 드라마에서 '야~ 말도 안 돼! 저런 일이 진짜 있을 수 있어? 영화니까 가능하지.' 그런

일이 찾아보면 도처에 널려있어요. 우리가 관심을 갖지 않아서 모르는 거지.

태민　(동일의 말에 굳은 결심을 한 듯) 일단 비밀을 지켜주셔야 돼요.

동일　그럼, 취재원의 비밀보장이 가장 중요하지.

태민　우리 사장님은… 외계인이에요!

동일　푸합~ (자기도 모르게 튀어나온 웃음을 억지로 참으며) 어! 미안… 갑자기 기침이.

태민　제가 어쩌다 사장님 방에 들어갔는데 (자기 폰을 꺼내 촬영한 사진을 보여주며) 이것 보세요~

동일　이게 다 뭐냐? (이때 영상으로 하삼선의 방이 무대 후면에 배경으로 펼쳐진다)

태민　지구멸망을 막기 위해 지구인들을 구할 수 있는 설계도에요.

동일　와~~ 이게 다….

태민　여기 이 사람… 이 사람 사진이 거기 있었어요. 꼭 만나야 할 사람이라고 그리고 엄청나게 많은 약들이 이렇게… 다 말기 암 환자들이 먹는 약이더라고요. 자! 그럼 이제 이 사람이 누군지 얘기해 주세요!

동일　(갑작스런 상황에 혼란한 표정으로) 어? 어… 어 그래야지.

태민　아저씨, 빨리요!!

동일　(자신의 노트북을 펼쳐 태민에게 검색내역을 보여준다) 내가 누구냐? 고래알만큼 작은 실마리도 놓치지 않는 게 추리작가의 기본이잖냐. 신문 귀퉁이에 (손가락으로 화면을 가리키며)

요게~ 찍혀있는 거 보고 폭풍검색으로 20년 전 한국신문 기사에서 짠~ 찾아냈지.

당시 27세 청년이 청소년 수련원 화재사고에서 무려 19명의 목숨을 구한 기사야. 사고 장소가 소방서랑 너무 먼 데다가 신고가 늦어서 사망자가 23명이나 나왔나 봐. 한동안 떠들썩했더라고. 그때 목숨을 구한 아이가 감사편지를 쓴게 기사에 헤드라인으로 올라와 있더라. 〈구해주셔서 고맙습니다! 아저씨는 지구를 구하러 오신 슈퍼맨이에요.〉

태민 그럼, 그 사람은 지금 어디 있는데요?

동일 사망했어!

태민 네?

동일 소방차가 오는 마지막 순간까지 아이들을 구하고 거기서 사망했더라고.

태민 그럼,… (다시 한 번 사진을 보며) 이 사람은 이미 죽은 사람이라고요? 그런데 대체 왜….

서서히 암전되며 슈퍼맨 아저씨께 보내는 어린이의 감사편지가 내레이션으로 들려온다.

N 슈퍼맨 아저씨께

안녕하세요? 저는 새빛 어린이집 꿈동이반 강세찬입니다. 저번에 캠프에서 불났을 때 구해주셨던 그 세찬이요. 기억하시죠?

다리를 조금 다쳤지만 이제 다 나아서 제가 좋아하는 축구도 열심히 하고 있어요.

우리 꿈동이반 친구들 모두 아저씨가 구해주신 덕분에 건강하게 잘 지내고 있어요. 제 절친인 진우와 전 나중에 커서 꼭 아저씨처럼 멋있는 사람이 되자고 약속했어요.

구해주셔서 고맙습니다. 아저씨는 지구를 구하러 오신 슈퍼맨이에요.

목소리가 잦아들면 서서히 조명이 들어오며 우주다방에서 지친 모습으로 의자에 기대어 쉬고 있는 하삼선이 보인다.

잠시 후 감정이 격앙된 수진이 하삼선에게 다가온다.

수진	(하삼선을 쳐다보며)….
삼선	할 말 있어요?
수진	….
삼선	드디어 내 차례가 왔군요! 어서 줘요~ 궁금하군요. 엽서에 뭐라고 썼을지.
수진	….
삼선	아니에요? 아쉽네요.
수진	(사진을 내민다)
삼선	(사진을 받아서 물끄러미 본다)
수진	이 사람 누구예요?
삼선	꼭 만나야 될 사람.

수진　　진짜….

삼선　　이제 곧 만날 수도 있을 것 같아요.

수진　　진짜 왜 이러세요? 이 사람 죽었잖아요? 이 사람 진짜 누군지 모르세요!! 제가 누군지 진짜 모르냐고요??

삼선　　수진 씨, 이수진 씨잖아요.

수진　　어머니! 저 어머니 아들 약혼녀 수진이잖아요. 20년 전에 죽은 준영 씨랑 결혼하려고 했던 수진이요.

삼선　　아들….

수진　　네! 어머님 혼자 몸으로 애지중지 키웠다고 이제 취직하고 결혼해서 더 바랄 게 없다던 그 아들이요! 20년 전에 결혼식 일주일 남겨놓고 화재사고로 그렇게 가버린 강준영이요~ 다른 사람들 구한다고 엄마도 애인도 다 버리고 불구덩이로 뛰어든 바보 강준영이요!

삼선　　(혼자 중얼거리듯) 준영… 강준영….

수진　　(바에 있는 자율계산함을 가리키며) 저거! 저것도 그 사람이 만들었잖아요. 돈은 자기가 버니까 여기서 버는 건 의미있게 쓰자고… 진짜 기억 안 나세요? (하삼선을 붙들고 눈물을 흘리며) 제발 정신 좀 차리세요… 이러고 계시니까 제가 떠날 수가 없잖아요… 나쁜 사람! 다른 사람들 구한다고 가족들을 버리고 그렇게 영영 가면 어쩌라고….

삼선　　(갑자기 단호하게) 강준영은 죽지 않았어요! 그 사람은 지구를 구하기 위해 온 슈퍼맨입니다. 사람들이 그랬어요. 모두들 강준영은 대단한 사람이라고 했어요. 그 애는 지금도 어딘가에서 지구인들을 도와주고 있을 거예요. (갑자기 초조해하며) 지구멸망을 막기 위해선 나도 그의 뜻을 따라 지구인을 도와야 해요. 시간이 별로 없어요. 서둘러야 합니다. 시간이… 시간이 없어요….

갑자기 쓰러지는 하삼선. 수진이 다급하게 어머니를 외치며 암전된다.

〈지구인을 위하여〉

동네사람들의 떠들썩한 소리와 함께 조명이 들어오면 용구가 집으로 돌아가기 위해 번듯하게 차려입고 사람들의 축하인사를 받고 있다.

복남   형님! 진짜 축하 드려요~ 취직도 하고, 가족들도 만나고, 와~~ 이제 더 바랄 게 없으시겠어요!!

용구   (겸연쩍게 웃으며) 이제 시작이지 뭐, 정신 바짝 차리고 빚도 갚고 열심히 살아야지.

현아   아저씨, 요즘 세상에 빚 없는 사람이 어딨어요? 집에 가서 살면 다 갚아져요.

동일   넌, 애가 말하는 게 왜 그렇게 조숙하냐?

태민   조숙하긴, 애늙은이에요, 애늙은이.

현아	(태민이한테 바싹 붙으며) 내가 철없는 아빠 챙기랴, 너 챙기랴 그러다보니 어른스러워진 거 아냐.
태민	누가 챙겨 달랬냐?
복남	어허~ 이것들이 또! 내 앞에서 그렇게 붙어있지 말랬지!!
태민	(현아한테서 한 발짝 떨어지며) 네, 사부님!!
현아	(복남을 향해) 아빠~~
용구	그리고 우리 작가선생, 탐정 사무소 차린 거 축하해!
동일	네. 고맙습니다. 소문 좀 많이 내주세요.
현아	아저씨 소설이 좀 재미없긴 했어.
복남	이제 탐정일 하면서 추리소설 쓰면 되지.
용구	맞아, 대박날 거야. 그동안 다들 고마웠어.
복남	고맙기는, 다시는 안 볼 사람처럼 그러시네. 자주자주 놀러 와요.

하삼선이 위태로운 걸음으로 우주다방에서 나오고 그 뒤를 수진이 지팡이를 들고 따라 나온다.

삼선	열심히 일 해야지! 놀러올 시간이 어디 있습니까?
수진	(지팡이를 흔들며) 이거 가지고 나가시라니까요.
동일	(꾸벅 인사하며) 나오셨어요? 수진 씨 나오셨습니까?
수진	(앞을 막은 동일에게) 비켜요.
동일	넵.
복남	(동일에게 다가오며) 쉽지 않지? 우리 현아한테 한 수 배워!

동일   (조용히 속삭이듯) 그래도 엽서는 받았어요.

태민   (약 올리듯) 동네 사람들 다 받았어요.

수진   (하삼선에게 지팡이를 내민다)

삼선   무거워요.

수진   누가 들고 가래요? (자신이 짚어 보이며) 이렇게 짚고 걸으시라구요.

삼선   됐습니다.

수진   하여튼 고집은… 그러다 쓰러질까 봐 그러죠.

삼선   (못 들은 척하며 용구에게 통장을 건넨다) 이거 가져가요.

용구   이게 뭐예요? (통장을 열어보며)

삼선   저금통 뜯은 돈이에요. 그리고 그동안 우리 우주다방 앞을 깨끗하게 청소해 준 비용하고요.

용구   아… (통장을 다시 내밀며) 이건 받을 수 없어요. 제가 여사님 미션을 지키려고 하루도 빠지지 않고 일을 하다 보니 취직까지 하게 됐는데요. 그리고 가게에서 재워주신 날이 얼마나 많은데 청소비라니 정말 말도 안 되죠.

삼선   내 부탁을 하루도 빼먹지 않고 지킨 사람은 내가 아니라 용구 씨잖아요? 그럼 이 돈은 박용구 씨 겁니다. 그리고 우주다방의 주인 자격으로 용구 씨를 그만큼 재워줬으면 이 정도의 축하금을 줄 자격은 충분하다고 생각하는데요.

현아   아저씨, 줄 때 받아요! 집에 가는데 뭐라도 가져 가야요.

동일   선생님. 그렇게 하세요. 다음에 잘 돼서 갚으시면 되죠.

현아   우리 아저씨, 빚도 갚아야지, 갚을 거 많네.

태민	그만 좀 해라.
복남	형님! 이제 가시죠. 제가 정류장까지 모셔다 드릴게요. (먼저 앞서 나가며)
동일	네. 같이 가요. 선생님. (복남의 뒤를 따른다)
용구	(하삼선에게 정중히 인사하며) 사장님, 건강하세요! 그동안 감사했습니다.
수진	안녕히 가세요.
현아	(태민에게) 우리도 같이 가자.
태민	담에 또 보면 되지 뭘 따라가.
현아	(태민의 팔짱을 끼고 끌고 나가며) 잔소리 말고 따라 나와~~

복남, 동일, 용구를 배웅하기 위해 나가고 이어 현아와 태민이도 따라 나간다.
무대에는 하삼선과 수진이만 남는다.

삼선	(힘이 겨운 듯 의자에 앉는다)
수진	(옆으로 다가와 앉으며) 참 잘됐어요.
삼선	그러게요.
수진	자율계산함의 돈은 말씀하신 대로 다 처리했어요. 정말 한 번도 열지 않으셨나봐요?
삼선	… 내가 준 150장의 엽서는 잘 보내고 있습니까?
수진	그럼요. 한 주도 빠짐없이 사람들한테 손수 적어 보내고 있다고요.

삼선   그래요? 그거 아주 잘됐군요. 한동일 군도 엽서를 받았다
고 하더군요.

수진   동네 사람이잖아요. 어머니가 동네사람들한테 주라고 하
셨잖아요. 그 사람한테만 준 거 아니에요. 태민이랑, 복남
씨랑, 현아랑, 아까 용구아저씨도 다 드렸어요.

삼선   나는 왜 안 줍니까?

수진   네?

삼선   동네 사람들 다 줬다면서요? 그런데 나는 왜 안 주냐고요?

수진   안 드린 게 아니라…. (망설이며 머뭇거린다)

삼선   나도 하나 줘 봐요.

수진   (하삼선의 어리광에 웃음이 나 품속에서 엽서를 꺼내 건넨다) 여
기요.

삼선   (엽서를 받아 읽으며) 좋네요. 기분이 아주 좋아요.

수진   (하삼선을 바라보며) 지구를 지켜줘서, 지구인을 지켜줘서 정
말 고맙습니다.

하삼선 엽서를 손에 꼭 쥐고 수진의 어깨에 기대며 암전.

막.

한국 희곡 명작선 148

괴짜노인 하삼선

초판 1쇄 인쇄일　2023년 11월 20일
초판 1쇄 발행일　2023년 11월 29일

지 은 이　박아롱
만 든 이　이정옥
만 든 곳　평민사
　　　　　서울시 은평구 수색로 340 〈202호〉
　　　　　전화 : 02) 375-8571 / 팩스 : 02) 375-8573
　　　　　http://blog.naver.com/pyung1976
　　　　　이메일　pyung1976@naver.com
등록번호　25100-2015-000102호
ISBN　　　978-89-7115-115-0　04800
　　　　　978-89-7115-663-6　(set)
정　　 가　9,500원

이 책은 사단법인 한국극작가협회가 한국문화예술위원회의 2023년 제6회 극작엑스포
지원금을 받아 출간하였습니다.

한국 희곡 명작선